KB113859

여섯 영혼의 노래, 그리고 가수

여섯 영혼의 노래, 그리고 가수 7

킹묵 장편소설

초판 1쇄 찍은 날 § 2018년 8월 21일
초판 1쇄 펴낸 날 § 2018년 8월 28일

지은이 § 킹묵
펴낸이 § 서경석

총괄팀장 § 최하나
편집책임 § 이종식
편집 § 김경민

펴낸곳 § 도서출판 청어람
등록번호 § 제387-1999-000006호
등록일자 § 1999. 5. 31
어람번호 § 제1-2947호

주소 § 경기도 부천시 부일로 483번길 40 서경B/D 3F (우) 14640
전화 § 032-656-4452 팩스 § 032-656-4453
http://www.chungeoram.com
E-mail § chungeorambook@daum.net

ⓒ 킹묵, 2018

ISBN 979-11-04-91811-7 04810
ISBN 979-11-04-91686-1 (세트)

7

킹묵 장편소설

여섯 영혼의 노래, 그리고 가수

FUSION FANTASTIC STORY

도서출판 청어람

여섯 영혼의 노래,
그리고 가수

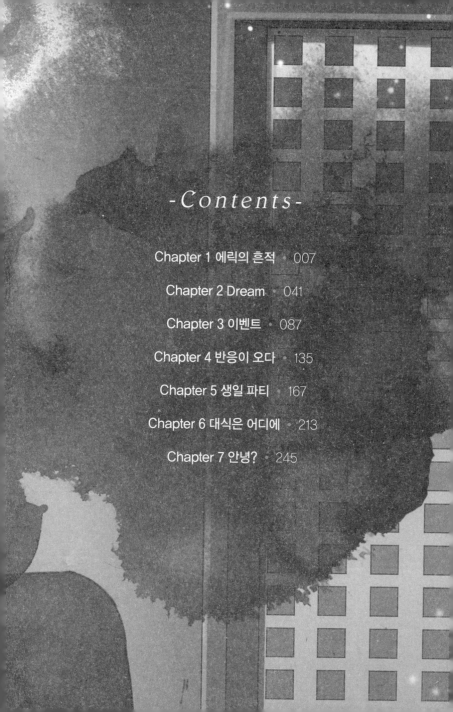

-Contents-

Chapter 1
에릭의 흔적

사진을 보고 헛웃음을 뱉은 윤후는 천찬히 고개를 돌려 론을 바라봤다. 윤후의 이상한 행동 때문에 앤드류와 함께 의아한 얼굴로 지켜보는 론이고, 윤후는 그런 론을 보며 상자를 가리켰다.

"미안한데 다시 봐도 될까?"

"어, 그래."

허락을 받은 윤후는 곧바로 쭈그리고 앉아 상자에 든 앨범을 꺼내 들었다. 그러고는 앨범에 있는 에릭의 샤진을 한 번 보고 다시 벽에 걸린 사진을 보는 행동을 반복했다. 에릭의 사진을 다시 한 장, 한 장 모두 살펴본 윤후는 자신이 생각하는 것이 틀림없다는 것을 알았다. 윤후는 론을 조심히 불렀다.

"론, 이거 한번 볼래?"

론은 에릭의 눈빛이 두렵기는 했지만, 혹시 자신이 모르는 것이 있는가 하는 생각에 조심스럽게 앨범을 쳐다봤다.

하지만 자신으로서는 아무리 봐도 이상한 점이 없었다. 언제나 그랬듯이 그저 가슴만 아파 왔다.

앨범을 돌려주자 윤후가 고개를 갸웃거리며 말했다.

그리워하는 것이라 생각했는데 론의 눈은 사진을 제대로 보지 못하고 피하고 있었다.

"왜 그래?"

"응? 아, 아니야."

윤후는 점점 의아했다. 론이 말까지 더듬으며 사진을 쳐다보려 하지도 않았다.

자신이 알고 있는 에릭은 차갑고 마음을 드러내진 않았지만, 아무리 그래도 지금 론의 행동은 이해할 수가 없었다.

윤후가 말없이 론의 얼굴을 가만히 들여다보자 론이 당황하며 고개를 돌렸다.

그래도 윤후가 말한 것이 궁금했는지 고개를 돌린 채 조심스럽게 물었다.

"뭐가… 이상해?"

"흠……."

론의 행동을 이해할 수 없던 윤후는 물어보고 싶었지만 론과 친분을 쌓은 지 불과 하루밖에 되지 않았기에 더 이상 물어볼 수가 없었다.

그때 들어와서 지금껏 말 한마디 하지 않던 앤드류가 고개를 숙이며 조심스럽게 말했다.

"말씀 나누시죠. 잠시 후에 오겠습니다."

하지만 분위기 때문인지 앤드류가 자리를 비켜줬음에도 여전히 말이 없었다.

윤후는 어쩔 수 없이 론에 대해서는 천천히 알아보자고 생각하며 앨범에서 조심스럽게 사진을 꺼냈다.

"먼저 물어보고 싶은 게 있어. 에릭 아저씨가 원래 자기 사진을 많이 찍었어?"

"아니, 그 사진들이 다야."

확신이 선 윤후는 고개를 끄덕거리고는 론의 눈앞에 사진을 들이밀었다.

"이 사진들 보면 에릭 아저씨가 한쪽으로 치우쳐 있지?"

"응."

"이상하지 않아? 셀카도 안 찍는 사람인데 사진을 찍은 것도 그렇고… 배경을 보여주고 싶은 거면 배경만 찍으면 될 텐데 굳이 자기까지 엉성한 자세로 찍었잖아."

"응, 그러네."

론이 사진을 힐끔거리며 고개를 끄덕이자, 윤후는 다시 앨범에서 사진 한 장을 꺼내 들어 두 장의 사진을 론에게 내밀었다.

론은 조심스럽게 받아 자신의 엄마와 찍은 사진을 바라봤다. 벽에 걸려 있기에 항상 보고 있었지만, 이 조그만 사진은 에릭이 지갑에 항상 넣고 다니는 사진이었다.

그리고 론은 엄지로 사진 속에 있는 자신의 모습만 가렸다.

자신이 아빠하고 생일 파티를 하고 싶다고 조르지만 않았어도 아무 일도 없었을 거란 생각이 머릿속에서 떠나지 않았다. 그에 고개를 숙인 채로 사진을 꼭 쥐고 있었다.

그러자 윤후가 꽉 쥐고 있는 론의 손에 자신의 손을 살포시 얹었다.

"왜 그러는지 모르겠는데⋯ 사진 구겨져."

"아⋯⋯."

그제야 급하게 손을 편 론이었고, 윤후는 그런 론을 물끄러미 바라보다 입을 열었다.

"이걸 자르면 좀 더 확실히 볼 수 있을 텐데⋯ 그건 곤란하잖아. 그냥 이렇게 봐."

에릭의 사진 위에 론과 엄마의 사진을 올리고는 론을 바라봤다.

역시나 론이 제대로 쳐다보지 않자 윤후는 잠시 고민하며 두리번거렸다.

론의 책상에 있는 펜이 보여 자리에서 일어섰다.

"잠깐만 기다려 봐."

윤후는 책상에 있는 종이에다 그림을 그리기 시작했다.

그림을 그려봤을 리가 없으니 그림 같지도 않은 낙서지만 사람의 형태는 알아볼 수 있있다.

그러고는 종이를 조심스럽게 찢어 그것을 론에게 내밀었다.

"이 그림을 네 사진이라고 생각하고 에릭 아저씨 사진 위에 올려봐."

론은 여전히 침울한 얼굴이었지만, 윤후의 말대로 종이를 에릭의 사진 위에 올려놓았다.

엄마와 자신을 그린 듯한 이상한 그림 때문에 불안한 마음이 조금 가신 론은 사진을 전체적으로 바라봤다.

그런데 무언가 이상한 느낌이 들었다. 그림 같지 않은 그림이 아빠의 사진 위에 있음에도 원래 이 자리였다는 듯 보였다.

론은 용기를 내어 조심스럽게 종이를 옮겨 에릭의 옆에 붙였다. 그러자 사진을 보는 론의 눈동자가 떨리기 시작했고, 이내 책상에서 커터칼을 들고 와 정신 나간 사람처럼 에릭의 유품이자 자신과 엄마가 담긴 사진을 오리기 시작했다.

론은 오린 사진을 떨리는 손으로 에릭의 사진 위에 올렸다. 그리고는 그 사진을 테이블에 올려놓고 바라봤다.

일어서서도 보고 옆에서도 보고 한참을 서성거리던 론이 걸음을 멈췄다.

사진에서 고개를 들어 윤후를 바라보는 론의 눈에 눈물이 가득했다.

"맞아? 내가 제대로 본 거 맞지? 아빠가 사진에 엄마랑 내 자리 남겨놓은 거 맞지?"

론의 말대로 엄마와 론 둘 중 하나만 빠져도 휑한 느낌이 들었다.

자신도 느끼고 있을 텐데 확인하려는 론의 떨리는 말 때문에 윤후도 가슴이 울렁였다.

고개를 끄덕거리자 론이 참고 있던 눈물을 쏟아내기 시작했다.

윤후조차도 눈시울이 붉어질 정도로 서글프게 우는 론이다.

"말이라도 해주지. 흐흑! 아빠, 미안해. 미안해. 정말… 몰랐어."

윤후는 이유를 알지는 못하지만 계속 사과하며 우는 론을 묵묵히 기다렸다.

론은 한참을 울고 나서야 진정이 된 듯 보였지만 여전히 손은 떨고 있었다.

그리고 그런 손으로 에릭의 사진이 담긴 앨범을 펼치고서 사진을 모두 꺼내고 각기 다른 배경인 에릭의 사진마다 오려 둔 자신과 엄마의 사진을 올렸다.

옆에서 론을 지켜보던 윤후도 사진을 바라봤다.

에릭이 대단하다는 생각밖에 들지 않았다.

서로 다른 사진이기에 어색할 만도 한데 크기까지 맞춰서 셀카를 찍었는지 전혀 어색하지 않았다.

신기하게 바라보던 윤후는 혼자서 타이머를 조작하여 사진을 찍었을 그의 모습이 떠올랐다.

자신과 비슷한, 표정을 알 수 없는 에릭이 혼자서 그랬을 거라 생각하며 자신이라면 어떻게 했을지 생각해 보던 윤후는 헛웃음을 흘렸다.

지금에야 알았다.

남들에게 보여줄 만한 사진이 모두 자신의 앨범 표지 사진이었고, 그 두 사진 역시 모두 타이머로 혼자서 찍은 것이었다.

그래서 앵글을 맞추기만 해도 어색하지 않았던 것이다.

그때 당시는 그저 에릭 덕분이라고만 생각했다. 왠지 이런 이유라고는 생각하지 못한 것이 미안한 마음도 들었다.

*　　　　　*　　　　　*

　　여전히 사진을 보고 있는 론은 아까와는 다른 얼굴이었다. 그리고 사진을 보는 눈도 달라져 있었다.

　　사진을 피하지 않고 에릭의 얼굴을 손으로 쓰다듬기도 했다. 그런 론의 얼굴은 아까보다 편안해 보였지만, 아직은 그늘이 전부 가시지 않았다.

　　"후, 정말 몰랐어. 정말… 고마워."

　　"응."

　　"그런데 대단하다. 너 아니었으면 평생 모를 뻔했어. 이제는 기분 좋게 잘 수 있을 것 같아."

　　론이 말을 해서인지 윤후는 자신이 말을 안 해도 된다는 생각에 편안한 얼굴로 얘기를 들었다.

　　"왜 잠을 못 잤어?"

　　"아, 실은… 다 내 탓으로 생각했거든."

　　론은 숨을 깊게 들이마시고 입을 열었다.

　　"내 아홉 살 생일에… 내가 졸랐거든. 그때 비가 좀 내렸는데… 엄마가 봄비라고 그랬던 기억이 나. 그래도 그땐… 어린 마음에 아빠랑 같이 생일 파티 하고 싶다고 졸랐지. 그래서 엄마랑 병원에 가던 중 사고가 일어났어. 사실… 난 기억이 잘 안 나. 사고가 난 것밖에는."

론은 생각보다 덤덤하게 자신의 얘기를 꺼냈다. 십 년이 넘도록 죄인처럼 살았을 론이 안쓰러울 정도의 얘기였다.

매일 밤 같은 꿈을 꾸고, 그 꿈에서 아빠의 차가운 눈빛을 받아야 한다면……

물론 스스로 만든 오해였지만 생각하기도 싫었다. 론의 얘기를 다 듣고 난 윤후는 미소를 지으며 말했다.

"생일이 언젠데?"

"나… 4월 2일. 그때 이후로 누구한테 생일을 말해본 게 처음이네."

"나랑 하루 차인데? 로버트라는 분이 생일 안 챙겨주셨어?"

"다 아시니까… 일부러 모른 척하고 넘어가 주신 거지."

윤후는 앞으로 자신이 챙겨주고 싶다는 생각에 론의 생일을 되새겼다. 그러다 문득 이상한 점을 발견했다.

사진의 뒷면에 적혀 있던 날짜가 2006년 5월부터 매달 한 장씩 찍은 걸로 봤는데 마지막 사진은 2007년 4월이었다.

혹시 에릭은 다른 영혼들과 기일이 다른 것이 아닐까 하는 생각이 들었다.

다시 탁자 위의 사진을 들어 올리고 뒷면의 날짜를 확인했다. 뒷면에는 다른 영혼들과 다르게 마지막 날짜가 론의 생일인 4월 2일이었다.

"론, 혹시 에릭 아저씨 언제 돌아가셨어?"

"겨울에… 1월 24일. 왜?"

다른 영혼들과 같은 날이었다.

하지만 윤후는 손에 들린 사진에 적힌 날짜 때문에 혼란스러웠다. 그 때문에 생각에 빠졌다.

"음, 미안한데… 그럼 엄마는 언제 돌아가셨어?"

"엄마는… 사고 난 날."

"미안해. 확인할 게 있어서……."

윤후는 또 혼자 가만히 생각하다 말고 다시 사진을 확인했다.

그러고는 알겠다는 듯 고개를 끄덕이며 론을 바라봤다.

"왜?"

론의 물음에 윤후는 숨을 크게 내뱉고 사진을 론에게 내밀었다.

"이거 에릭 아저씨가 너한테 주는 생일 선물 같아."

뒤집어서 날짜를 확인한 론이 다시 울기 시작했다.

그런 론을 바라보는 윤후는 미소를 지은 채 한숨을 내뱉었다.

정말 답답한 에릭이라고 생각하며.

*　　　　　*　　　　　*

며칠 뒤, 윤후는 뉴욕으로 돌아오자마자 새로운 곡 작업이 아닌, 미니 앨범 수록곡을 영어로 바꾸는 작업을 했다.

다른 곡보다 우선적으로 '조각'의 가사를 완성시켰다. 그리고 가사를 가만히 읽던 윤후는 미소를 지으며 곧바로 휴대폰을 들었다.

—어, 후! 왜 지금 전화해? 얼마나 기다렸는데! 기다리다가 이제 자려고 했는데 다행이네.

전과는 비교할 수 없을 정도로 밝아진 론의 목소리에 윤후는 미소를 지으며 시간을 확인했다.

뉴욕 시간으로 새벽 3시가 넘어가고 있었다.

LA와의 시차 때문에 론이 아직 잠을 안 잔 것을 다행이라 생각하며 입을 열었다.

"미안해. 작업하느라고. 그럼 잘 자."

—어어, 잠깐! 기껏 전화하고서 왜 끊으려고 그래?

"잔다고 그랬잖아."

—아니, 아직 안 자잖아. 그러지 말고 들려줘.

경비 할아버지, 제이, 그리고 은주까지 다들 편안했지만 만난 지 며칠 되지 않은 론보다는 아니었다.

같은 나이로 친구가 되어서인지 윤후는 그 어느 때보다 자연스럽게 웃으며 통화했다.

때론 장난스럽기까지 한 모습을 한국에 있는 사람들이 봤다면 놀라 쓰러질 것이 분명했다.

다만 남자끼리 전화하면서 노래를 불러주는 것은 그림이 영 이상했다.

그럼에도 윤후는 아무렇지도 않게 휴대폰에 대고 4분이 넘는 시간 동안 '조각'을 불렀다.

―아, 정말 좋다. 이거 앨범 언제 나와?

"아직 몇 곡 더 만들어야 해서 좀 걸릴 거야."

―와, 기분 이상하다. 친구가 가수라니. 크크. 유명해지기 전에 많이 봐둬야 할 텐데. 연예인들 스튜디오에서 촬영하는 거 보면 많이 바쁘더라고.

"그래? 난 한국에서 그냥 그랬는데.

―한국하고 미국이 다른가?

물론 다르기야 하겠지만 윤후가 워낙 특이한 탓에 방송 활동을 최소한으로 했기 때문이다.

그럼에도 한국에서 방송하던 것을 떠올리며 대수롭지 않게 말한 윤후였다.

―아, 그런데 집에만 있으려니까 너무 심심하다. 참, 내가

어제 말했지? 아빠가 준 사진기.

"응. 잘 돼?"

―어, 완전 괜찮아. 새것 같아. 그래서 나… 다리 다 나으면 제대로 사진 공부 해보려고.

"잘 생각했네. 로버트 씨한테?"

―응. 좋아하시더라. 아닌 척하는데 난 다 알지. 흐흐. 그런데 LA에 언제 와?

"흠, 아직은 정해진 거 없는데."

―LA 와서 만들어. 내가 들어줄게.

농담으로 던진 론의 말에 윤후는 생각에 잠겼다. 노래야 어느 곳에서 만들어도 괜찮았다.

어차피 음악 감독 아저씨의 녹음실에서 녹음할 테니까.

"말은 해볼게."

―그 집사 같은 아저씨?

"응, 앤드류 씨. 좋은 분이야."

그 뒤로도 별 얘기가 아님에도 통화를 한참이나 했다.

거의 삼십 분가량을 통화한 윤후는 머리를 긁적이며 휴대폰을 쳐다봤다. 스스로도 느껴질 만큼 말을 많이 했다.

그럼에도 싫은 느낌보다는 재밌는 느낌에 윤후는 미소를 지었다. 그리고 그때 윤후의 휴대폰에 메시지가 도착했다.

[이 사진 봐봐. 내가 합성한 거야.]

사진을 보니 어린 론과 론의 엄마, 그리고 에릭이 같은 사진 안에 담겨 있었다.

*　　　　　*　　　　　*

다음 날, 오후가 돼서야 거실로 나온 윤후는 은주와 함께 식사를 했다. 은주 덕분에 미국에서 오히려 한국에 있을 때보다 더 잘 먹고 있었다.

윤후는 식사를 하며 자신을 보고 있는 은주를 향해 고개를 들었다.

예전 영화음악을 할 때 콜린에게 듣기로 은주의 원래 살던 집이 LA라고 들었다.

은주를 바라보자 은주가 신기하다는 듯이 윤후와 눈을 맞췄다.

"신기하다. LA에서 무슨 일 있었어?

"네?"

"이상해. 앤드류한테 분명 남자라고 들었는데……."

윤후는 은주의 모를 소리에 고개를 갸웃거리고는 피식 웃었다.

"봐. 지금도 웃잖아. 분명 얼마 전까지는 웃는 거 엄청 어색했거든? 그런데 지금은 약간 자연스러웠어."

"제가요?"

"LA에서 여자 친구 만들었어?"

"아니에요."

윤후는 정말 그런가 하는 마음에 자신의 얼굴을 쓰다듬었다. 그러고는 여전히 자신을 쳐다보고 있는 은주를 보며 물었다.

"아줌마, LA에 사셨어요?"

"응, 잠깐 살았고 지금은 휴스턴에 살지. 윤후도 우리 집 저번에 와봤잖아. 지금은 윤후 덕에 취직해서 여기 있지만. 호호!"

"아, 그래요?"

"왜? LA 가려고? 정말 이상하네. 정말 여자 친구?"

"아니에요."

윤후가 아니라며 고개를 젓고 다시 식사를 시작했다. 그러자 윤후를 보며 웃던 은주가 입을 열었다.

"LA에 아직 집은 있는데 아쉽지만 렌트 하우스로 관리 중이야. 콜린한테 물어봐. 콜린이 관리해 주니까."

"네."

은주는 윤후를 보며 야릇하게 웃었다.

"하긴 그 집이 여기보다는 작긴 해도 여자 친구랑 놀기는 좋을 거야."

예전이라면 고개를 저었을 윤후지만 지금은 피식 웃어넘겼다.

＊　　　　＊　　　　＊

LA에서 작업하고 싶다는 윤후의 부탁을 들은 앤드류는 콜린에게 직접 보고했다.

"윤후 군이 친구라는 사람 때문에 LA에 간다는 것 같단 말이지?"

"네. 보고드린 대로입니다. 그동안 후 씨를 지켜본 바에 의하면 이상한 점이 있습니다. 보스의 친구분인 빈센트 씨, 그리고 지금 론이라는 친구의 아버지, 두 사람 모두 십 년 전에 죽은 사람들입니다. 윤후 군이 음악에 관해서 천재라고는 하나 조사한 바에 의하면 다른 방면에는 오히려 부족한 모습을 보입니다. 그런데 십 년 전에 만난 사람들을 기억하고 찾고 있다는 점이 이상하지 않습니까? 분명 저희가 알지 못하는 무언가가 있는데 숨기는 것 같습니다."

콜린은 보고서를 넘기며 앤드류의 얘기를 들었다. 앤드류의 모습은 상당히 진지하고 심각하게 여기고 있었지만, 콜린은 그런 앤드류의 말이 끝나자 미소를 지으며 말했다.

"앤드류, '빈센트' 들어봤다고 했지?"

"네."

"그걸 십 년 전에 우연히 듣고서 외운 아이야. 따로 녹음 같은 걸 하지 않았으니까 확실하지. 그건 내가 장담해."

"그렇습니까?"

"이봐, 앤드류. 보통 사람은 생각하지 못하는 세계에 사는 사람들이 있어. 천재라고들 하지. 그리고 윤후 군이 딱 거기에 맞는 사람이고. 그렇게 생각하지 않나?"

"그건… 인정합니다."

윤후의 옆에서 지켜봤기에 쉽게 수긍되었다.

"그리고 혹시 숨기려고 하는 것이 있어도 꺼내려 하지 마. 우리 역할은 거기까지가 아니야. 앤드류답지 않게 이상해."

"네, 주의하겠습니다."

"그리고 은주는 뭐라고 그래? 함께 가줄 수 있대?"

"네, 찬성하셨습니다."

"그래, 그건 다행이네."

계속 서류를 보면서 대화를 하던 콜린은 서류를 덮고 미소 지었다.

"생각보다 빠르겠네."

"네, 저도 그렇게 생각합니다. 하지만 제가 후 씨를 본 결과 절대 슬럼프가 올 사람이 아닙니다."

"하하, 그렇긴 하지. 괜한 걱정이었어."

"그럼 제가 후 씨에게 미리 얘기하도록 하겠습니다."

"아, 아니야. 말하지 말라고. 직접 가서 만나는 게 더 반갑지 않겠어? 그쪽에도 말하지 말라고. 하하!"

앤드류도 동의하는지 고개를 끄덕이며 생각했다.

옆집에 거주하고 있는 그 사람들을 보면 윤후가 어떤 표정을 지을지 궁금했다.

그런 앤드류를 보며 미소 지은 콜린은 때마침 생각났다는 듯 손가락을 튕기며 말했다.

"그리고 LA에 가는 김에 딕 좀 만나보고 와. 딕이 계속 작업하기 싫다고 그러는데 이유 좀 알아봐."

*   *   *

며칠 뒤, LA에서 앤드류와 함께 커다란 밴을 타려던 윤후는 목발도 없이 다리를 쩔뚝이며 내려오는 론을 보고 차에서 내렸다.

"윤후!"

"천천히 와. 가방 주고."

윤후는 가방을 건네받고 론을 보며 물었다.

"왜, 목발이 없어?"

"목발? 그거 사지도 않았는데. 어차피 잘 돌아다니지도 않아."

"그래, 빨리 타."

윤후는 손가락으로 옆에 서 있는 사람들을 가리켰다.

도대체 알아보는 사람도 없는데 이동할 때마다 경호원을 붙이는지 이해할 수가 없었다.

론은 차에 오르며 앞좌석에 있는 앤드류에게 인사하고 자리에 앉았다.

"그런데 정말 같이 지내두 돼?"

"응. 길지는 않아. 아마 두 달 정도 그 집에서 작업할 거 같아. 사실 나도 처음 가는 거라서 잘 몰라."

"아, 그런데 내가 가도 돼?"

"응. 전화로 얘기한 아줌마가 아플 때 혼자 있는 거 아니라고 꼭 데려오라고 그러셨어. 너도 두 달이면 다 낫지 않을까?"

"그전에 나아야지. 그래도 다행이다. 혼자 집에 있으려니 심심했거든. 로버트 아저씨가 스튜디오에는 낫기 전에 오지 말라고 그러셔서."

이렇게 말을 많이 하는데도 전혀 어색하지 않았다.

윤후는 스스로도 신기한지 미소를 지었다.

때로는 론의 질문에 대답하고 때로는 자신이 먼저 묻기도 했다. 그러는 사이 도착했는지 차가 멈췄고, 창밖을 쳐다보자 잔디가 깔린 마당이 먼저 눈에 들어왔다.

그리고 은주의 말에 작겠거니 생각했는데 생각보다 큰 주택이었다.

"사모님이 기다리시니 들어가시죠. 짐은 제가 들고 가겠습니다."

"괜찮아요. 제가 들게요."

윤후는 앤드류의 만류에도 자신의 짐과 론의 가방까지 짊어졌다.

"그럼 쉬십쇼. 무슨 일이 있으면 바로 전화 주시면 됩니다."

앤드류가 옆집을 가리키며 말하자 윤후는 옆집을 쳐다봤다.

똑같은 모양의 집이었기에 좌우를 두리번거렸다.

한 블록 안의 집이 전부 똑같은 모양이었기에 자칫하면 집을 못 찾을 수도 있어 보였다.

물론 밖에 나갈 일은 없겠지만, 그래도 신기한지 두리번거릴 때 현관문이 열렸다.

"안 들어오고 뭐 해?"

"아, 네. 인사드려. 여기는 나한테 음악을 알려주신 분의 아내이신……."

"밖에서 인사할 거야? 어차피 같이 살 텐데 들어와서 인사해. 짐 이리 줘."

은주까지 나오자 앤드류는 인사를 하고 옆집으로 향했고, 윤후와 론은 은주를 따라 집으로 들어섰다.

간단히 인사를 하고 나자 은주는 방부터 안내했다.

"1층 침실은 내 차지. 올라가자."

2층으로 올라가니 세 개의 방이 있었고, 은주의 설명이 이어졌다.

"여기가 윤후 방, 바로 옆방은 론 빙, 그리고 저기는 작업실 겸 서재."

윤후는 자신의 방에 짐 가방을 대충 넣어놓고 곧장 작업실로 향했다.

문을 연 윤후는 조심스럽게 살펴봤다.

미리 보낸 자신의 기타가 죽 진열되어 있었고, 컴퓨터 앞에는 뉴욕의 아파트에 있던 건반이 놓여 있었다.

다만 벽에 방음 처리가 안 되어 있었다. 하지만 윤후에게는 전혀 문제가 되지 않았다.

그런 윤후를 지켜보던 은주가 론의 어깨를 툭 치고 책상을 가리켰다.

"저 책상은 론 책상. 저기 블라인드 열면 풍경이 꽤 괜찮거든. 사진 공부할 때 도움이 될까 해서 저렇게 옮겼지."

"아, 감사합니다. 저한테까지 신경 써주시고."

론이 은주에게 인사하는 소리에 윤후는 그제야 두 사람을 쳐다봤다.

고마움에 인사하는 론이나 그런 론을 포근한 얼굴로 바라보는 은주 두 사람과 가족이 된 듯한 기분이다.

＊　　　　＊　　　　＊

새로운 작업실은 앤드류의 지시로 방음 공사를 하느라 윤후는 이어폰을 꽂은 채 거실에 앉아 있었다.

그리고 신곡 작업은 작업실에서 해달라는 앤드류의 부탁이 있었고, 우선적으로 기존 앨범의 가사부터 바꾸며 생각해야 했기에 잘되었다는 마음이다.

윤후는 기존 미니 앨범의 가사를 되새기고 있었다. 그때 2층에서 론이 피곤한 얼굴로 쩔뚝거리며 계단을 내려왔고, 윤후는 이어폰을 빼며 고개를 갸웃거렸다.

"왜 그래?"

"아, 잠을 잘 못 자서."

"다리 아파서?"

"아니, 그런 건 아니고……."

론은 소파에 털썩 앉아 손가락으로 옆을 가리켰다.

"넌 못 들었어? 내 방에만 들리는 건가?"

"아, 미안. 앤드류 씨가 방음 공사 해주신다고 해서 그런 거야."

"아니, 그거 말고. 밤새 들린 기타 소리 못 들었어? 새벽 내내 둥둥거렸는데."

밤새 자신의 곡을 들으며 생각하느라 이어폰을 꽂고 잔 윤후에게 들릴 리가 없었다.

"그래? 기타 연습하나 보네."

"그건 잘 모르겠고, 차라리 크게 들리년 그러려니 하고 잤을 거 같은데 계속 들릴락 말락 할 정도로 들리니까 신경 쓰여서 그랬지."

윤후는 론의 귀가 예민한 편이라고 생각했다.

"난 노래 들으면서 자서 안 들렸어. 많이 시끄러우면 앤드류 씨한테 말해볼까?"

"아니야. 어제만 그랬을 수도 있잖아. 설마 매일 그러겠어? 그리고 익숙해져야지. 친구가 가순데."

윤후는 부스스한 모습으로 웃는 론의 말에 기분이 좋은 듯 활짝 미소 지었다.

*   *   *

늦은 밤. 윤후는 여전히 자신의 노래 가사에 빠져 있었다. 분명히 자신이 알지 못하는 단서가 있었다.

하지만 딘에 대한 것은 전혀 알 수가 없었다.

가사는 분명 딘의 얘기처럼 들렸지만, 관련된 사람을 만나지 못해서인지 혼란스럽기만 했다.

답답한 마음에 창문을 열었다.

커튼이 쳐져 있지만 불이 켜져 있는 옆집의 창문이 보였다.

아침에 론이 한 말을 떠올린 윤후는 귀에서 이어폰을 뺐다. 그러자 정말 론의 말대로 아주 조그맣게 기타 연주가 들려왔다.

윤후는 오늘도 잠을 못 자고 있을 론의 방을 한 번 보고는 피식 웃으며 조그맣게 들리는 기타 소리에 귀를 기울였다.

"응?"

상당히 익숙한 후아유의 '어때?'였다.

게다가 옆집에서 들리는 연주는 윤후 자신이 연주하는 부분이었다.

윤후는 턱을 괴고는 옆집을 쳐다봤다.

연주하는 사람이 곡에 익숙하지 않은지 중간중간 틀리는 부분이 있었지만 신기했다.

미국에 와서 ·다른 사람이 연주하는 '어때?'를 듣게 될 줄은 몰랐다.

반가운 마음으로 연주를 감상할 때, 방문을 두드리고 론이 들어왔다.

"안 잤어?"

"저 소리 들리지?"

"응. 들리네. 연습하나 본데?"

론은 윤후의 침대에 누워 윤후를 바라봤다.

음악이라도 감상하는 듯 고개를 끄덕거리는 모습에 지금 들리는 소리가 가수는 다르게 들리는 건가 싶어 고개를 갸웃거렸다.

"저 소리가 재밌어?"

"아… 응. 재밌지. 저거 내가 불렀거든."

"뭐? 정말?"

"응. 내가 만든 노래는 아니고, 밴드로 같이 불렀어. 곡 주인이랑 친하거든."

"이야, 네가 부른 노래로 연습하는 거야? 너 정말 유명하구나? 솔직히 실감이 잘 안 났는데… 하하!"

윤후는 피식 웃고는 몸을 돌려 론을 바라봤다. 그러고는 방음 공사 때문에 옮겨 놓은 기타를 꺼내 들었다.

"정말 좋아. 나한테 노래 알려주신 분하고 그분 동생이 만든 거거든. 들어봐."

윤후는 미소 짓고 기타를 연주하기 시작했다.

비록 노래는 부르지 않고 연주만 하고 있었지만, 베이스와 드럼이 비어 있는 만큼 그 부분을 채우려는 윤후의 손이 보이지 않을 정도로 빠르게 움직였다.

그럼에도 전혀 부담스럽게 들리거나 과한 느낌은 아니었다.

"와, 너 정말 기타 잘 친다."

"그래?"

"어. 내가 음악에 대해선 잘 모르지만… 아마 최고인 거 같아."

윤후는 론의 칭찬이 싫지 않은 듯 미소 지었고, 론도 마찬가지로 웃다 말고 옆집을 가리켰다.

"저 옆집 사람들도 듣고 놀랐나 봐. 기타 소리 안 들리잖아. 하하!"

"아, 그러네. 미안하게 됐네."

"괜찮아. 사람이 좀 자야지. 너 아니었으면 또 새벽 내내 기타 소리 들렸을걸. 무슨 잠도 안 자고 연습을 해."

윤후는 론의 말에 문득 루아가 떠올랐다. 루아만큼 음악에 열정적인 사람이 옆집에 있는 것 같아 어떤 사람일까 궁금함도 들었다.

"잠도 안 오는데 우리 내려가서 아줌마가 아까 저녁에 해준 거 먹자."

"빈대떡?"

"그래, 그거. 피자 같은 거. 딱 내 스타일이야."

은주가 해준 빈대떡이 상당히 맘에 들었는지 론은 윤후를 보며 내려가자고 손짓했다.

윤후는 그저 론과 함께하는 것이 재미있어 알았다고 말하고는 창문을 닫았다.

       *   *   *

슬럼프. 루아는 7년이 넘는 가수 생활 동안 겪어보지 못한 슬럼프를 겪고 있었다.

미국까지 와서 작업하고 있었지만, 슬럼프 때문인지 함께 작업하는 프로듀서의 편곡이 마음에 들지 않았다.

분명 기존 자신이 직접 작곡한 곡보다 좋다는 것이 느껴졌지만 어딘가 부족했다.

그렇다고 어느 부분이 이상하다고 딱 꼬집어 말하지도 못했다. 그냥 기분 탓에 부족하게 들리는 건지, 아니면 정말 부족한 건지, 단지 슬럼프가 와서인지 답답하기만 했다.

작업실에는 들어가지도 않고 그저 방에만 있는 루아였고,

유일하게 마음이 편안해지는 순간은 '어때?'를 듣고 있을 때
뿐이었다.

그리고 연주를 잘하지는 못했지만 '어때?'를 연주하면 답
답하던 마음이 뚫리는 기분이었다.

그래서 연주를 시작하게 되었고, 윤후가 연주한 부분을
완벽하게 연주하다 보면 슬럼프도 이겨낼 수 있을 것만 같았
다.

다른 방에 있는 제이와 이종락은 루아의 상황을 알기에
다들 이해하고 있었고, 제이는 자신의 작업 때문에 바빴기에
정신이 없었다.

루아는 오늘도 어김없이 '어때?'를 들으며 연주를 했다.

스스로도 부족하다는 것을 알지만, 연주를 하는 동안은
루아의 얼굴에 미소가 걸려 있었다.

그러던 중 갑자기 자신의 기타 소리가 아닌 조그맣게 기
타 연주 소리가 들려왔다.

"어? 뭐야?"

자신의 실력과 비교할 수 없을 정도의 연주였다.

그것도 같은 곡이었기에 루아는 서둘러 창을 열었다. 그리
고 소리의 근원지를 찾다 보니 이웃집의 열린 창에서 들려오
고 있었다.

사람이 보이지는 않았지만 마치 자신에게 들으라는 듯한

연주였다.

자신이 연주하고 싶던 소리였다. 루아는 가만히 듣다가 소름이 돋아 팔을 쓰다듬었다.

"윤후보다… 더 잘 치는 거 같은데……."

확인이 필요한 루아는 급하게 방문을 열고 제이의 방으로 향했다.

쾅쾅!

"어? 웬일이야?"

"됐고, 오빠 빨리 와봐. 윤후보다 디 기다 길 치는 사람 있어."

"뭐? 말도 안 되지. 아니지. 윤후는 노래도 잘하면서 기타도 잘 치니까. 어디서 봐야 돼?"

제이는 루아가 인터넷으로 봤다고 생각하고 휴대폰을 꺼냈고, 루아는 고개를 저으며 제이의 손목을 잡아끌었다.

"야야, 왜 이래?"

"빨리 와봐. 진짜 농담 아니야."

제이는 다급하게 말하는 루아에게 이끌려 루아의 방으로 향했다. 하지만 루아의 말처럼 연주 소리는 들리지 않았다.

그저 물건들이 이리저리 지저분하게 널브러져 있는 모습만 눈에 들어왔다.

제이는 화장대 앞의 의자에 앉으며 루아를 안쓰럽다는 듯 바라봤다.

"루아야, 그렇게 힘들어?"

"무슨 소리야? 정말이라니까! 저 옆집에서 들렸다고!"

"닫혀 있잖아. 그리고 네 말대로 들렸다고 해도 뭘 어쩌려고. 뭘 어떻게 하려는 건데?"

"아니… 그냥……."

제이는 루아의 모습이 안타까웠다.

루아 본인은 알지 못하는 듯하지만 지금 루아는 윤후의 그늘에서 벗어나지 못하고 있었다.

지금 누구와 작업을 해도 만족하지 못하고 있는 루아였다.

회사에도 연락해 회사에서도 상당히 신경을 쓰고 있었다.

기존에 작업하기로 한 라이올라이의 프로듀서 말고도 다른 프로듀서들과의 자리도 마련했지만, 루아에게 슬럼프를 벗어날 계기를 만들어주지는 못했다.

그렇다고 지금 뉴욕에서 작업 중인 윤후의 발목을 잡을 수도 없었다.

그런 일은 오히려 루아가 반대했을 것이다.

제이는 마음이 답답했다.

"정말 들렸어……."

옆집을 바라보며 힘없는 목소리로 말을 뱉는 루아의 모습에 제이는 짠했는지 조그맣게 숨을 뱉었다.

"쉬어. 일찍 자고 일찍 일어나. 내일 일찍부터 미팅 있잖아."

제이는 루아의 방을 나섰고, 방에 남은 루아는 여전히 옆집을 바라보며 중얼거렸다.

"정말… 들렸는데……."

Chapter 2

Dream

작업실 문을 두드리고 기다리던 앤드류는 딕이라는 사람을 만날 생각에 벌써부터 머리가 아팠다.

회사에 소속된 프로듀서로서 실력이야 인정하지만, 문제가 많은 사람이었다.

평소에는 좋은 사람이지만 음악에 대해서만은 자신의 의견을 굽힐 줄 몰랐다.

그렇기에 라이올라이의 전 앨범을 프로듀싱했고, 그밖에 다른 유명한 가수들과도 작업했다. 하지만 그만큼 많이 부딪치기도 했다.

그때, 기다리던 문이 열렸다.

"앤드류, 오랜만이야! LA에 언제 왔어?"

"며칠 됐습니다."

"그래, 들어와."

이두컴컴한 작업실이었지만 지금껏 많은 작업실을 본 앤드류는 아무렇지도 않게 딕이라는 사람이 안내하는 의자에 앉았다.

"어쩐 일로 여기까지 왔어?"

"작업에 문제가 있다고 해서 왔습니다."

"아, 그거?"

딕은 이유를 생각하는 듯하더니 얼굴을 찡그렸다.

앤드류는 대답을 듣지 않아도 뮤지션과 맞지 않음을 알 수 있었다.

"딕 씨, 또 싸우셨습니까?"

"아, 그건 아니야. 싸워도 말이 통해야 싸우지. 걔, 한국에서 유명한 가수라며?"

"네. 한국뿐만이 아니라 아시아에서 상당히 유명합니다."

"그래, 사람은 착한 거 같은데 말이 안 통해. 내가 콜린 씨한테도 미안하고 그래서 이번에 잘해보려고 그랬거든? 곡도 여러 번 고쳤어. 그런데 고칠 때마다 이유도 말 안 하면서 마음에 안 든다고 그래."

"정말 안 싸우셨습니까?"

"정말이라니까. 한번 들어봐. 진짜 밤새워서 작업했어."

딕은 자신 있다는 표정으로 편곡한 곡을 재생시켰다.

앤드류는 상당히 유해진 듯 들리는 딘의 음악에 약간 놀랐다. 분명 딕이 양보하고 있음이 느껴지는 곡이었다.

"어때?"

"괜찮네요. 그런데 왜 계속 작업 진행이 안 되는 겁니까?"

"몰라. 싫대. 불러보지도 않고. 그냥 이유도 모르겠고 뭔가 부족하대. 이따 오기로 했으니까 오늘은 확실하게 물어보려고."

앤드류는 전과 많이 달라진 듯한 딕의 모습에 다행이라 생각하며 고개를 끄덕였다.

그러다 문득 자신이 관리하고 있는 천재라면 지금 이 노래를 어떻게 들을지 궁금해졌다.

정말 부족한 것이 있는지, 아니면 트집을 잡고 있는 것인지.

앤드류는 딕을 보며 말했다.

"제가 지금 이 곡 가져가도 되겠습니까?"

"왜? 노래도 녹음 안 했는데? 나 안 싸웠다니까! 정말 안 싸웠어!"

"압니다. 그냥 다른 사람한테 한번 들려주려고 합니다."

"어? 무슨 말도 안 되는 소리를. 그걸 왜 가져가?"

"잠시만 기다려 주십쇼."

앤드류는 곧바로 콜린에게 전화를 걸었다. 그리고 사정을 얘기하고 나서 전화기를 딕에게 건넸다.

그러자 한참을 통화하던 딕이 전화를 끊으며 궁금한 것이 많은 얼굴로 앤드류를 봤다.

"정말 괜찮은 거야?"

"네, 제가 책임집니다."

"앤드류가 그렇다니까 믿기는 하겠는데 곤란한 일 만들면 나 가만 안 있는다?"

말없이 고개를 끄덕인 앤드류는 파일을 받아 들고서 자리에서 일어섰다.

그저 윤후라면 어떻게 들을지 궁금한 마음뿐이었다.

*   *   *

이른 아침부터 시작된 방음 공사가 오후가 되어서야 끝났다. 그리고 완성된 작업실로 들어온 윤후는 주위를 둘러봤다.

그러고는 함께 있는 앤드류를 잠시 바라보다가 입을 열었다.

"감사해요."

"아닙니다. 언제든지 필요한 게 있으면 말씀하시면 됩니다."

윤후는 감사 인사를 하고 난 뒤 곧장 기타를 안고 앤드류를 쳐다봤다.

"잠깐만 나가 보실래요?"

"네?"

"공사 잘됐나 확인해야죠. 제가 아는 녹음실은 두 번 공사했거든요."

앤드류는 어이가 없는지 허탈하게 웃고는 방을 나섰다. 그러고는 잠시 뒤 방문이 다시 열렸다.

"안 들려요?"

"네, 조용합니다."

방을 둘러보는 윤후의 얼굴이 상당히 만족스러워 보였다. 그는 오늘 찾아온 이유에 대해 입을 열었다.

"후 씨, 실례지만 부탁드릴 게 있습니다."

"무슨 부탁이요?"

"이 곡 한번 들어봐 주시고 어떤지 말씀해 주셨으면 합니다."

음악을 듣는 게 부탁이라는 말이 이상한지 윤후는 머리를 긁적였다. 그러고는 대답도 없이 컴퓨터부터 부팅시키고 앤드류가 건넨 USB를 꽂았다.

"Dream, 이거 맞아요?"

"네, 맞습니다."

윤후는 고개를 끄덕이며 노래를 재생시켰다.

노래가 들리자 윤후는 의자에 등을 기대고 사뭇 진지한 얼굴로 바뀌었다.

앤드류는 그런 윤후를 지켜보며 노래가 끝나길 기다렸다.

"어떻게 들리십니까?"

"그냥 평범한데요?"

"…부족한 부분은 없습니까?"

"네."

앤드류는 루아가 그저 트집을 잡은 것인가 생각했다.

도움을 주는 입장에서 상당히 기분이 나빠지고 있을 때, 윤후가 물었다.

"누가 부르는 건데요?"

잠시 생각하던 앤드류는 대답하지 않고 되물었다.

"누가 부르는지에 따라 달라집니까?"

"네, 약간씩. 곡 자체는 좀 희망적이긴 한데 그걸 표현하는 사람의 특성에 따라 달라지니까요."

"그럼 이 곡을 후 씨께서 부르시면 어떻게 바뀌게 되는 지……."

"저요? 음, 가사가… 어? 한글인데요?"

텍스트 파일에 한글로 적힌 가사를 확인한 윤후는 살짝 놀라며 앤드류를 쳐다봤다.

"네. 가수는 말씀드리지 못하지만 한국 가수 곡입니다."

"혹시… 숲은 아니죠?"

"절대 아닙니다."

내심 의아했지만 윤후는 어느새 가사를 읽고 있었다.

가사라기보다는 편지 같은 느낌이고, 가사가 이상하게 자신의 얘기 같다는 느낌이 들었다.

가수를 꿈꾸던 영혼들과 함께 지내던 시절을 누군가 보고 쓴 것만 같았다.

작은 방의 너에게도 꿈이 있다는 것을 알아. 오래 지켜봤으니.

누군가는 너의 꿈을 비웃겠지만 좌절하지 마라. 오래 꿈꿔왔잖아.

부끄러워하지도 마라. 너의 꿈은 짐이 아니야.

네가 걷는 그 걸음이 한 걸음씩 모여

언젠가는 분명 자랑스러운 여정이 될 거라 믿어.

"흠, 혹시……."

앤드류는 단번에 알아차렸나 싶어 얘기를 꺼내야 하나 생각하는데 윤후가 의아한 얼굴로 입을 열었다.

"우리 아빠 가수 해요?"

"…네? 무슨 말씀이신지……."

"아, 아니에요."

윤후는 가사를 읽을수록 의아했다.

정말 자신의 얘기가 아닐까 하는 생각이 들었다.

하지만 그 모습을 본 사람이 정훈 말고는 없기에 더욱 의아했다.

"흠, 제가 부르면 앞부분을 아예 덜어내고 이 부분도 덜어내고… 그리고 여기도……."

기존 노래를 거의 다 버리고 자신의 생각대로 음을 집어넣었다. 그런 윤후의 모습이 신기하기도 했지만 저렇게 되면 노래 자체가 아예 다른 곡이 되어버린다.

곤란한 앤드류는 윤후를 보며 조심스럽게 물었다.

"혹시 루아 씨가 부른다면 어떻게 바꾸면 될까요?"

"루아 선배님이요?"

윤후는 루아란 말에 앤드류도 루아의 팬인가 생각했다.

파블로도 그렇고 생각보다 인기가 많은 루아가 대단하다고 생각하며 루아가 부르면 어떨지 생각했다.

그러고는 약간 놀란 듯 모니터를 쳐다봤다.

"와, 잘 어울리겠는데요."

"그렇습니까?"

"그런데 루아 선배님은 생각보다 성대가 약해서 이거 강하게 부르는 부분은 무리 같아요. 차라리 이 뒷부분을 좀 담담하게 뺄는 게 더 잘 어울릴 거 같은데요?"

"그렇습니까? 예전에 후아유의 '어때?'를 부르실 때는 좀 강하셨던 거 같은데."

"그건 앞부분을 저랑 제이 형이 끌고 갔으니 여유가 있었으니까요. 뭐 그래도 루아 선배님이 하려고 마음먹으면 하실 거 같긴 해요."

앤드류는 루아에 대해 잘 알고 있는 것처럼 말하는 윤후를 보며 미소 지었다.

옆집에 루아가 살고 있다는 것을 알면 어떤 표정을 지을지 궁금해졌다. 앤드류는 윤후를 살피며 조심스럽게 말했다.

"들어주셔서 감사합니다."

"뭘요."

"날씨도 좋은데 집에만 있지 마시고 집 앞에서 햇빛도 쐬고 그러는 게 어떻겠습니까?"

가만히 생각하던 윤후는 고개를 저었다.

"제 방에도 햇빛 많이 들어와요."

"네……."

LA의 스튜디오 앞에 서 있는 루아는 별다른 기대를 하지 않은 얼굴이었다. 그저 약속했기에 이종락에게 이끌려 왔을 뿐이다.

"루아야, 이번에도 아니면 그냥 한국 가서 작업하는 게 어때?"

"그래요."

이종락은 힘없이 대답하는 루아를 보며 한숨을 내쉬었다.

라온에서 루아에게 힘을 준 만큼 성과가 있어야 하건만, 이렇게 슬럼프가 계속된다면 오히려 회사나 루아나 앨범을 미루는 편이 좋다고 생각했다.

이종락은 루아를 보며 아쉬워하는 얼굴로 녹음실 문을 열었고, 무언가를 작업하고 있던 프로듀서 딕이 뚱한 표정으로 고개를 돌려 쳐다봤다.

그러고는 서로 뚱한 얼굴로 인사를 했다.

"루아 씨, 녹음실로 들어가 봐."

"왜요?"

"확인할 게 있어서 그러니까 안에 들어가서 한국에서 불렀다는 곡 한번 불러봐."

"혼자요?"

"그럼 여기 누가 있어? 빨리 해봐. 시간 없어."

루아는 의아한 얼굴로 부스로 들어갔다. 그러자 딕은 곧바로 '어때?'를 재생시키고 앤드류에게 전해 들은 말이 사실인지 확인하기 위해 들려오는 노랫소리에 귀를 기울였다.

직접 듣지는 못했지만 음원으로 '어때?'를 들었을 때는 확실히 잘 부른다는 느낌을 받았기에 설마 하는 마음이었다.

도입부 부분이 들려왔다.

확실히 키를 바꾸지 않고 원곡 그대로였기에 약간 어색한 느낌은 있었지만 잘 소화하고 있었다. 그리고 자신이 제일 마음에 들어 하는 중간 부분 역시 무난히 소화해 냈다.

딕은 앤드류가 잘못 알아왔다고 생각하고 편안한 마음으로 노래를 들을 때, 부스 안 루아의 호흡이 흔들렸다.

딕은 자신이 잘못 들었나 싶었지만 갈수록 흔들리기 시작하더니 결국에는 음마저도 틀어졌다.

허탈하게 웃은 딕은 자신이 고친 노래를 떠올렸다.

'어때?'란 곡은 처음부터 코러스에 모든 힘을 쏟은 듯 보인 곡이기에 자신도 당연히 코러스에 힘을 더 주도록 편곡했다.

허탈하게 웃은 딕은 부스를 나오는 루아를 바라봤다.

"내일 다시 와."

*　　　*　　　*

다음 날, 딕의 스튜디오로 올라가는 루아는 여전히 멍한 얼굴이었다.

어젯밤에도 혹시 옆집에서 기타 소리가 들릴까 밤새 한숨도 안 자며 연주를 했지만, 아무 소리도 들리지 않았다.

제이의 말처럼 자신이 잘못 들은 건가 싶은 생각이 들었다.

"들어가자."

이종락의 안내로 정신을 차린 루아는 스튜디오로 들어섰다. 그러자 평소와 달리 씨익 웃고 있는 딕이 보였다.

"빨리 와!"

딕의 재촉에 루아는 걸음을 옮겼다. 루아가 자리에 앉자 딕이 다시 씩 웃으며 입을 열었다.

"잘 들어봐. 뒷부분을 상당히 많이 바꿨으니까."

딕의 자신만만한 얼굴에도 루아의 표정은 달라지지 않았다. 루아는 모니터 스피커에서 들려오는 자신의 노래에 귀를 기울였다.

후아유와 함께 부르고 싶은 생각에 기타 연주가 들어가 있었건만 지금 들리는 소리는 기타 소리 대신 가이드 녹음을 했는지 딕의 목소리가 들려왔다.

책을 보며 아무 가사로 불렀는지 가사가 이상했지만, 분위기 자체는 덤덤하면서도 힘이 들어가 있었다. 그리고 악기 소리가 들리지 않다가 중간에 가끔 들어가는 피아노 소리 때문인지 상당히 임팩트 있게 들렸다.

그래서 노래에 더욱더 집중되었다.

코러스 부분이 들리기 시작하자 피아노 소리가 본격적으로 들리기 시작했다. 하지만 루아는 자신이 쓴 코러스가 변해 있자 얼굴을 살짝 찡그렸다.

그래도 생각보다 싫은 느낌은 아니었다. 그리고 무엇보다 지금 자신이 불러본다면 잘할 수 있을 것 같았다.

이내 노래가 끝이 났다.

지금 당장 불러보고 싶었다. 루아는 오랜만에 느끼는 기분에 자신도 모르게 심장이 뛰는 느낌이 들었다.

노래에서 악기라고는 피아노 소리뿐이었다.

하지만 루아가 듣기에는 기존 자신의 곡보다 풍성한 느낌이 들었다.

"불러볼게요."

"뭐? 벌써? 벌써 외웠다고?"

"네, 불러볼게요."

딕은 아무리 자신의 곡이라고 해도 변화를 꽤 주었기에 시간이 걸릴 거라 생각했는데 한 번 듣고 불러보겠다는 루아의 말에 상당히 놀랐다.

그동안 자신이 잘못 알고 있던 것인가 생각하며 지켜봤고, 루아는 당당하게 부스로 들어갔다.

딕은 흥미진진한 얼굴로 MR을 재생시켰다.

앞부분은 약간 늦게 들어가긴 했지만, 음 자체는 맞았기에 그럴 수 있다고 생각했다. 그리고 변화를 준 부분이 나오기 시작했다.

누군가는 너의 꿈을 비웃겠지만 좌절하지 마라. 오래 꿈꿔 왔잖아

순간 딕은 얼굴을 찡그리며 부스 안을 쳐다봤다.

자신이 만든 곡이 아니었다.

그때 부스 안에 있던 루아가 노래를 멈추고 입을 열었다.

"틀렸죠? 다시 할게요."

그 말에 딕은 어이없다는 얼굴로 고개를 돌려 이종락을 쳐다봤고, 이종락은 활짝 웃으며 딕에게 엄지를 내밀었다.

루아가 돌아온 것만 같았다.

*   *   *

루아의 노래를 들은 딕은 곡은 자신이 고쳤지만 루아를

잘 알고 있는 듯한 사람에 대해 궁금했다.

곧장 전화기를 꺼냈다.

"나야, 앤드류."

─네, 작업은 잘 하셨습니까?

"어. 지금 어디야? 잠깐 좀 만나."

─그쪽으로 가긴 힘들 것 같고, 멀지 않으니 직접 오시죠. 센트럴 LA 웨스트 5번가 쪽으로 오시면 됩니다.

"센트럴 LA 웨스트 5번가 쪽이라고? 알았어. 기다려."

딕은 전화를 끊고 아직 스튜디오에 남아 있는 루아와 이종락에게 말했다.

"제가 가야 할 곳이 있어서요. 같이 나가시죠."

옆에서 통화를 한 탓에 통화 내용을 들은 이종락은 잘되었다는 듯 미소를 지으며 말했다.

"저희가 머무는 곳하고 같은 곳이네요. 같이 가시는 것보다 혼자 가시는 게 편하시겠죠? 하하! 그럼 저희는 이만 가보겠습니다."

"음……."

딕은 루아를 가만히 바라봤다. 누군지 몰라도 지금 자신이 작업하는 루아의 앨범에 충분히 도움이 될 것 같았기에 함께 만나보는 것도 괜찮을 것 같았다.

"그럼 가시는 김에 같이 가시죠? 어차피 제가 만나려는 사람이 루아 씨에게 도움이 될 것 같은데… 괜찮으시죠?"

"네, 물론입니다."

루아는 두 사람의 대화 내용에 혹시 옆집에 새로 온 사람이 아닐까 하는 생각이 들었다.

*　　　　　*　　　　　*

저녁 시간. 어제 앤드류가 들려준 곡 때문에 손님이 온다는 말을 들은 윤후는 음악에 관한 얘기이다 보니 당연히 승낙했다.

그러자 앤드류는 저녁 식사를 같이하는 게 좋을 것 같다며 직접 나서서 준비를 했고, 윤후는 마당에 나와 고기를 굽고 있는 앤드류의 모습을 바라봤다.

뒷모습이 라온의 옥상에 잘 어울릴 것 같았다.

장소는 옥상이 아니지만 느낌 자체는 비슷했다.

윤후는 미소를 지었고, 론은 그런 윤후를 보며 갸웃거렸다.

"윤후, 너 고기 좋아해?"

"응? 아니. 고기 굽는 거 보는 걸 좋아해."

윤후의 이상한 대답에 론은 피식 웃었다. 론도 지금 우연히 윤후와 함께 생활하고 있지만 이상하게도 편했다.

로버트와 함께 있을 때보다 만난 지 얼마 되지 않은 윤후가 더 편하다는 생각에 머쓱해하며 웃었다.

윤후가 좀 특이하긴 했지만, 언제나 숨김없이 솔직하게 대하는 것 때문이라고 생각했다.

론은 여전히 고기 굽는 모습을 보고 있는 윤후를 쳐다보며 들고 나온 카메라를 들었다.

그러고는 자리에서 일어나 다리를 쩔뚝이며 뒤로 걸음을 옮겨 에릭이 남겨준 오래된 카메라에 윤후를 담았다.

사진을 확인한 론은 다시 고개를 들어 윤후기 바라보고 있는 앤드류를 쳐다봤다.

고기 굽는 앤드류를 쳐다보는 윤후의 모습을 함께 담고 싶은 마음에 몇 걸음 더 뒤로 옮겼고, 어느새 인도까지 나와 있는 론이다.

론은 앤드류와 윤후, 그리고 은주까지 카메라에 담고는 확인하고 있었다.

"론, 언제 거기까지 갔어?"

윤후는 론이 없는 것을 확인하고는 론에게 다가가 쩔뚝거리는 론의 팔을 잡았다.

"차라도 오면 어떡하려고 그래?"

"여기 인도잖아. 괜찮아."

"위험해. 저기 차도 오잖아."

론은 지나가는 차를 확인하고는 자신을 걱정하는 윤후를 보며 씨익 웃었다.

걱정하는 마음이 느껴졌다.

기분이 좋아진 론은 자신이 찍은 사진을 윤후에게 보여주러 카메라를 내밀었다.

윤후가 카메라를 확인할 때였다. 좀 전에 지나쳐 간 차가 후진해 돌아오고 있었다. 이내 차 문이 열리더니 두 사람이 내렸다.

론은 갑자기 앤드류가 경호원을 붙인 것이 떠올랐다.

이런 이유 때문인가 싶어 론이 급하게 쩔뚝이며 윤후를 감싸는데 차에서 내린 사람들의 목소리가 들렸다.

"…윤후? 오윤후?"

윤후가 자신을 부르는 소리에 고개를 돌리니 익숙한 얼굴이 보였다.

앞에서 손가락을 내민 사람의 얼굴엔 다크서클이 있었지만 익숙한 얼굴에 윤후는 놀라워하며 인사를 건넸다.

"안녕하세요."

오랜만에 보는데도 전과 똑같이 고개를 숙여 인사하는 모습에 이종락은 하나도 안 변한 것 같아 자신도 모르게 피식 웃었다. 그 뒤에 있던 루아가 웃고 있는 이종락을 밀어내고 앞으로 나왔다.

"안녕?"

"선배님, 안녕하세요."

"응. 잘 지냈어?"

"네."

짧은 대화만으로도 충분한지 루아의 얼굴에서 그늘이 사라졌다.

*　　　*　　　*

순식간에 일행이 불어난 자리에 모르는 얼굴이 있기에 서로 가볍게 인사를 하고 자리했다.

앤드류는 이미 예상을 했는지 충분히 준비했기에 부족함은 없었다. 하지만 윤후를 제외하고는 누구 하나 제대로 식사를 하고 있지 않았다.

그나마 이종락은 한국에서 앤드류와 은주를 봤지만, 루아는 전부 처음 보는 얼굴들이었다. 하지만 사람들이 낯설어서 그런 것은 아니었다.

"론, 왜 안 먹어? 이렇게 먹으면 맛있어."

"응. 이건 뭐야? 풀 같은데?"

"상추. 앤드류 씨가 한인 타운 가서 사 온 거래. 이렇게 펼치고 고기 올리고……."

이종락과 루아는 자신들이 제대로 보고 있는 것이 맞나 싶었다.

비록 영어로 말하고 있지만 윤후가 저렇게 말을 많이 한다는 건 생각도 못 했다.

조금 전 인사만 하더라도 '안녕하세요'가 다였다.

그런데 인상이 다소 차가워 보이는 백인에게 웃기도 하고 설명도 해주고 있었다.

이종락이 루아의 귀에 대고 조용히 속삭였다.

"윤후 이상해졌지?"

"친구래요."

루아는 뭐가 그렇게 뿌듯한지 윤후를 보는 얼굴에 미소가 가득했다.

윤후에게서 한시도 눈을 떼지 않고 있는 루아였고, 그런 루아가 론의 접시에 고기를 올려줬다.

"윤후랑 친하게 지내요."

"…네? 네……."

마치 부모님이 말하는 것 같은 느낌에 론은 당황했다.

윤후의 소개로는 한국에서 유명한 가수라고 했는데 자신이 상상하던 연예인과 달랐다.

거들먹거리기는커녕 오히려 먼저 다가오려는 모습에 론은 헷갈렸다. 한국의 연예인은 전부 친절한 건가 하는 생각이

들 정도였다.

하지만 론이 지금 부담스럽게 느끼는 것은 루아 때문이
아니라 그들과 함께 온 덕이라는 사람 때문이었다.

앤드류의 손님이라고 들었는데 왜 저렇게 자신을 뚫어져
라 보고 있는지 부담스러웠다.

*　　　　*　　　　*

식사가 끝나고 집 안으로 들어오고 나서야 이종락은 제이
가 생각났다. 바로 전화를 걸어 제이를 불렀다.

"야! 하하하! 완전 신기해! 어떻게 지냈어? 와, 우리가 인연
이긴 인연인가 보다! 안 그래?"

질문을 쏟아내는 변함없는 제이의 모습에 윤후는 미소를
머금고 질문마다 일일이 대답해 줬다.

그리고 계속 이어진 대화에서 제이도 루아와 마찬가지로
윤후를 신기하게 바라봤다.

친구라고 소개한 것만 해도 놀랄 만한데 무척이나 친절했
다.

"너 많이 변했다?"

"그래요?"

"이봐. 좀 이상하잖아. 미국 물을 먹어서 변한 거야, 아니

면 원래 성격을 숨기고 있던 거야?"

윤후도 제이가 그렇게 보는 이유를 충분히 알기에 미소를 지으며 그 원인인 론을 봤다.

그런데 론의 얼굴이 상당히 불편해 보였고, 계속 시선을 피하는 것이 느껴졌다.

론의 시선을 따라가자 손님으로 온 딕이 론을 뚫어지게 보고 있었다.

"저기요, 왜 그러세요?"

"네? 아, 미안합니다."

윤후의 약간 날 선 말 때문인지 시선이 모두 딕에게 쏠렸다. 그러자 딕은 곧바로 사과했지만 그럼에도 론을 살피는 것을 그만두지 못했다.

그러고는 도저히 못 참겠는지 론을 보며 입을 열었다.

"혹시… 이름이 어떻게 되죠?"

"저요? 전 론 제임스인데……."

그러자 딕이 자신의 생각이 맞는다는 듯 벌떡 일어나더니 론에게 손을 내밀었다.

"론, 나 기억 안 나?"

"네?"

"하하하, 하긴 너 어렸을 때 봤으니까. 와, 에릭하고 너무 똑같이 자랐네. 에릭하고 같이 작업할 때 너 가끔 봤거든.

하하! 이런 곳에서 만날 줄은 생각도 못 했네."

론은 어릴 때 얘기에 기억이 나진 않지만 아빠를 알고 있는 듯 말하는 딕의 얼굴을 쳐다봤다.

그리고 윤후 역시도 약간 놀란 얼굴로 딕을 쳐다봤다.

"아, 라이올라이 알지?"

"네."

"내가 앨범 제작부터 데뷔까지 다 만든 팀이거든. 그런데 몰랐어? 라이올라이 앨범 사진들 전부 에릭이 찍어준 거야."

윤후도 그제야 자신이 앨범 사진을 보며 찾던 가수가 라이올라이라는 록밴드 그룹이었다는 것을 알았다.

그렇게 찾으려고 했던 가수였지만, 론을 만난 이후 가수에 대해 잊고 있었다.

"뭐, 지금은 전부 다 은퇴해서 쉬고 있지만. 그런데 너도 사진 찍는구나?"

"아, 그냥 공부하고 있어요."

"잘됐다. 내가 제작하는 앨범을 제임스 부자가 표지 작업해 주고."

론은 자신의 실력이 부족하다고 생각하기에 쉽게 대답하지 않았다.

하지만 딕의 말대로 에릭이 걷던 길을 걷고 싶기는 했다.

"아직은 부족해서… 많이 배워놓을게요."

"그래, 그래. 여기 사는 거야?"

"아니요. 여기에서 친구랑 잠깐 지내는 거예요."

론이 윤후를 가리키며 말하자 앤드류가 먼저 입을 열었다.

"루아 씨의 노래에 대해 힌트를 주신 분입니다. 현재 앨범 준비 중인 가수입니다."

"아, 이분이? 상당히 어려 보이는데?"

그러자 윤후는 이해했다는 듯이 고개를 끄덕였다.

"루아 선배님 곡이었어요?"

"응."

확인을 한 윤후는 내심 기분이 묘했다. 가사가 자신의 얘기 같았기에 선물을 받은 느낌이었다.

어떻게 불렀을지 궁금했다.

"들려줄 수 있으세요?"

"응, 들려줄게."

딕은 녹음도 하지 않았는데 어떻게 들려주겠다는 것인지 의아한 얼굴로 보고 있었고, 제이는 이럴 줄 알았다는 듯이 고개를 저었다.

그러자 루아가 자리에서 바로 노래를 시작했다.

누군가는 너의 꿈을 비웃겠지만 좌절하지 마라. 오래 꿈꿔 왔잖아

윤후는 며칠 전 들은 곡과 확연히 달라진 것을 느꼈고, 루아를 이상하게 보고 있는 딕의 작품이라는 것을 알았다.

자신이 생각하던 것과 비슷한 진행이었다.

아마 자신이 편곡했더라도 비슷하게 했을 것 같다는 생각에 내심 딕이 새롭게 보였고, 루아에게도 굉장히 잘 어울리는 곡이었다.

하지만 중간중간 이상한 부분이 있었고, 윤후는 루아를 알기에 노래를 마친 루아에게 물었다.

"틀렸죠?"

"응, 오늘 처음 들어서 다 못 외웠어."

"네, 좋네요."

루아도 곡이 상당히 만족스러웠는데 윤후의 칭찬까지 받자 자신감이 생기는지 주먹을 불끈 쥐었고, 딕은 여전히 이상하게 쳐다봤다.

"틀린 걸 어떻게 알아요?"

"중간중간 코드 진행이 이상하니까요. 원래대로라면 이런 느낌?"

윤후는 곧장 허밍으로 노래를 불렀고, 딕은 얼마나 놀랐는지 입을 쩍 벌린 채 눈도 깜빡이지 못했다.

"뭐, 뭐야? 어떻게 알고 있는 거야?"

코드야 진행에 맞게 수정했다 치더라도 루아가 단 한 번 불러줬을 뿐인데 완벽하게 따라 하는 윤후의 모습에 딕은 여전히 말을 더듬었다.

그러자 이종락은 딕의 놀란 얼굴을 보고 윤후를 만난 것을 실감됐다. 항상 주위를 놀랍게 만들었기에.

*   *   *

윤후는 제이의 성화에 못 이겨 제이가 머무는 집에 방문했다.

"저 집 앞에 사람들, 네 경호원들이야?"

"네, 앤드류 씨가 붙여주신 분들이에요."

"와! 매일?"

"네."

윤후는 제이의 부러워하는 얼굴을 보고 피식 웃었다.

그리고 제이는 마치 몇 년을 못 본 사람처럼 근황을 얘기했고, 김 대표의 권유로 미국까지 왔다는 얘기를 꺼내놓았다.

"그럼 제가 들은 곡이 앨범 수록곡이었어요?"

루아는 아까 들려줬을 때 윤후가 긍정적인 대답을 했지만, 앨범에 수록된다는 물음에 머뭇거렸다.

그러자 윤후는 이미 알고 있다는 얼굴로 미소를 지으며 루아에게 말했다.

"가사가 정말 가수 하기 전 제 얘기 같았어요."

"그래? 정말 그렇게 들렸어?"

루아가 살짝 상기된 얼굴로 되물었고, 누군가가 자신을 위해 노래를 만든 것이 처음인 윤후는 기쁜 마음으로 입을 열었다.

"네, 정말 제 얘기였어요. 정말 마음에 들어요."

"그래? 다행이다."

정말 다행이라는 듯 가슴을 쓸어내리는 루아의 모습에 윤후는 미소를 지었다.

그러고는 고개를 꾸벅 숙여 마음을 표현했다.

"절 생각해서 노래까지 만들어주셔서 감사합니다."

"응?"

"제가 그 당시에 들었으면 정말 많은 용기를 얻었을 거 같아요."

루아는 윤후의 감사 인사에 오히려 자신이 얼굴이 붉어졌다.

만감이 교차하는지 표정이 시시각각 변하더니 윤후를 가만히 쳐다보고는 조심스럽게 입을 열었다.

"그 곡, 내 동생 위해서 만든 곡이야. 미안."

"네?"

붉어진 얼굴로 당황하는 윤후의 모습에 제이는 차마 대놓고 웃진 못하겠는지 큭큭거리며 웃음을 참았다.

루아는 그런 제이의 옆구리를 찌르고는 다시 말을 뱉었다.

"실은… 내 친동생도 윤후 너랑 비슷한 병이거든."

"아……!"

전혀 모르고 있던 얘기이다.

이종락과 제이도 처음 듣는 얘기에 웃음을 멈추고 루아를 바라봤다. 그러자 루아가 천천히 다시 입을 열었다.

"물론 윤후 너는 지금은 일반 사람 같지만… 내 동생은 아직 아니거든. 자폐증이야. 그래서 부모님하고 캐나다에서 살고 있어. 한국에 있으면 나한테 피해 올까 봐."

"아……."

윤후는 어떻게 대답해야 할지 몰랐기에 감탄사만 뱉었다.

"윤후 네가 정말 부럽더라고. 언젠가는 내 동생도 윤후 너처럼 어엿하게 사람들 앞에 나설 수 있지는 않을까. 그랬으면 좋겠다고 생각하면서 만든 곡이야. 미안해. 오해하게 해서."

"아, 아니에요."

윤후는 루아의 말을 듣고 나서야 라온에 있을 때 루아가 가끔 보여준 눈빛이 이해되었다.

처음 사람들에게 병을 밝혔을 때도 자신의 머리를 쓰다듬으며 괜찮다고 말해줬고, 언제나 응원해 주는 사람 중 한 명이었다.

자신의 노래가 아니기에 머쓱하지만 그런 이유를 알고 나자 충분히 이해되었다.

윤후의 얼굴색이 다시 원래대로 돌아왔고, 따뜻한 눈빛을 루아에게 보냈다.

"동생이 그 노래를 들으면 저처럼 용기를 많이 받을 거예요."

"그럴까?"

윤후가 고개를 끄덕이자 루아는 디행이라는 듯 가슴을 쓸어내렸다.

"정말 고마워. 사실 많이 고민했거든. 이 곡을 부르고는 싶은데… 너처럼 잘 부를 자신도 없었고… 무엇보다 동생이 어떻게 들을지 걱정됐어."

윤후는 이해한다는 듯이 고개를 끄덕였고, 이유를 모르던 이종락은 슬럼프로만 생각한 것이 못내 미안한지 볼을 긁적였다.

그리고 루아의 곡 영향 때문인지 윤후도 누군가를 위해서 곡을 써보고 싶다는 생각이 들었다.

곡을 쓸 대상을 생각했다. 앞에 있는 제이나 루아, 이종락, 그리고 한국에 있는 아빠와 라온 식구들.

상당히 많은 사람들이 있었고, 그 사람들을 생각해 보면 전부 자신이 감사해야 할 사람들이었다.

좀 더 특별한 사람을 생각할 때, 휴대폰 메시지 알림 음이
울렸다.

[언제 와? 올 때… 오늘 밤은 좀 조용히 해달라고 하고 와.
부탁이야.]

론의 메시지를 보고 윤후는 자신도 모르게 픽 하고 웃었
다. 그러자 제이가 놀랍다는 듯 윤후의 어깨에 손을 올렸다.

"야, 너 무슨 일이 있었던 거야? 내가 아는 윤후 맞아?"

윤후는 자신의 얼굴을 한 번 만져보고는 피식 웃었다.

감사한 마음도 없고 미안한 마음도 없이 그냥 편안하고 재
밌는 사람이 있었다.

바로 론.

윤후는 다음 곡의 주제를 정했다는 생각에 활짝 웃으며
자리에서 일어났다.

"야, 갑자기 왜 일어나? 놀다가 가."

"갑자기 쓸 곡이 생각나서요."

"뭐? 갑자기?"

"네. 내일 또 올게요. 그리고 선배, 아니, 누나, 오늘 밤은
기타 조금만 쳐달라고 부탁한대요."

루아는 누나라는 말을 듣고 싶었다는 듯 활짝 웃으며 고개를 끄덕거렸다.

윤후는 곡을 쓸 생각에 미소를 지으며 론이 기다리는 집으로 향했다.

*　　　　*　　　　*

론은 이른 아침부터 방문을 두드리는 소리에 시간을 확인했다.

"아직 여섯 시밖에 안 됐는데."

문을 두드릴 사람이라고는 윤후와 은주뿐이기에 이른 시간임에도 침대에서 일어나 문을 열었다. 그러자 눈도 제대로 못 뜨고 있건만 자신의 손목을 잡아끄는 윤후였다.

"아침부터 왜?"

"어, 미안. 이리 와봐."

론은 손목을 붙들린 채 기지개를 켜고 윤후에게 이끌려 갔다. 윤후가 안내한 곳은 작업실이었고, 작업실에 들어온 론은 책상 위에 놓인 컵을 보며 윤후에게 물었다.

"안 잤어?"

"응? 어. 조금 있다 자려고. 이리 앉아봐."

뮤지션들이 주로 새벽에 작업한다는 얘기를 들었기에 윤

후도 그런 건가 생각하고 의자에 앉았다. 그러자 윤후가 론을 보며 씩 웃고는 마우스에 손을 올렸다.

아침부터 노래 만든 걸 들어보라는 윤후의 모습에도 여전히 졸리는지 하품을 하며 들려오는 노래에 귀를 기울였다.

윤후의 곡은 감성적인 곡이 대부분이기에 이번 곡도 감성적이겠거니 생각했는데 잠시 후 들려오는 소리에 론은 깜짝 놀라 윤후를 봤다.

윤후가 어깨를 움직이며 리듬을 타고 있었다. 그 모습에 론은 피식 웃고는 다시 노래에 귀를 기울였다.

윤후를 알고 나서부터 직접 찾아가며 윤후의 노래를 들었지만, 지금 곡은 전혀 다른 사람의 곡처럼 들렸다.

처음부터 들리는 드럼 소리가 이상하게 가슴을 두근거리게 만들었다.

힙합 음악에서 주로 느껴지는 그루브가 있었기에 론은 자신도 모르게 발바닥으로 박자를 맞추고 있었다.

"신나지?"

"어? 응. 좋다. 밤새 이거 만든 거야?"

"응, 앨범에 넣을 거야."

"아, 이번 앨범에 들어갈 노래야?"

윤후는 다시 노래를 재생시키고 씩 웃으며 여전히 어색한 몸짓으로 노래를 부르기 시작했다.

같이 있는 것만으로도 즐거워. 나도 모르겠는데 이상하게 편해

가사를 넣어 부르자 노래가 더 신이 났다.

론도 잠이 다 깼는지 미소를 지은 채 윤후가 하는 대로 어깨를 씰룩거렸다. 그런데 다음에 들려오는 가사에서 자신이 잘못 들었나 싶어 몸짓을 멈추고 윤후를 봤다.

론, 론, 론, 론, 로온, 변하지 않길. 지금 우리 모습. 지금처럼 즐겁게

그 뒤로도 '론'이란 가사가 쉬지 않고 나왔다. 노래가 끝났음에도 론은 의아한 얼굴을 하고 윤후를 바라봤다.

윤후는 노래를 마치고 여전히 어깨를 들썩거리며 씨익 웃었다.

"왜 내 이름이 나와?"

"이 곡 제목이 론이야."

"응? 내 이름이 제목이야?"

"응. 네 이름이 노래 제목이야."

윤후는 여전히 웃고 있었고, 론은 흠칫 놀랐다.

자신의 이름을 넣은 곡을 앨범에 싣겠다니 장난이라고 생각했지만, 윤후의 얼굴을 보니 그럴 수도 있을 거란 생각이 들었다.

*　　　　*　　　　*

아침부터 윤후의 곡을 들은 앤드류는 자신의 팀이 보내온 파일을 보며 생각에 잠겼다.

론이 자신의 이름에 놀랐다면 앤드류는 장르에 얽매이지 않는 윤후의 음악에 놀랐다.

지금 당장 내놓아도 손색이 없었다. 윤후에게 파일을 받자마자 긴급으로 자신이 맡고 있는 팀에게 전송했고, 돌아온 답은 칭찬 일색으로 바로 시작하자는 내용이었다.

"하, 이걸 하룻밤 만에 만들었다고 말해야 하나? 아니지. 작곡하는 건 얼마 안 걸렸고… 가사 쓰는 데 오래 걸렸다고 했지?"

뉴욕에서 만든 'Wait'도 그렇고 지금 듣고 있는 'Lon' 역시 뚝딱 만들어냈다.

윤후는 계기만 주어진다면 자신이 생각하는 음악을 최고로 뽑아냈다.

벌써 앨범에 들어갈 노래가 열 곡이 되었다.

지금 당장 앨범을 내도 성공할 것 같은 느낌이다.

윤후의 노래 때문에 원래 계획적으로 행동하던 자신이 무너지는 것 같았다.

지금 당장 자신이 듣고 있는 'Lon'을 사람들에게 들려주고 싶었다. 윤후의 팀만 하더라도 앨범 작업을 시작하는 것이 좋겠다고 했지만 그럴 수 없었다.

곡 제목도 'Lon'이고 윤후가 론을 만난 뒤로 눈에 띄게 변했기 때문에 갑자기 뉴욕으로 돌아갈 경우 윤후에게 심적으로 문제가 생기면 자신이 책임이었다.

앤드류는 한참을 고민하고는 일단 좀 더 확인한 뒤 결정하는 게 좋겠다고 생각하며 자리에서 일어섰다.

직설적인 딕이라면 가감 없이 평가해 줄 것이다.

＊　　　　＊　　　　＊

딕은 앤드류가 가져온 곡을 듣고는 얼굴을 찡그리며 종이 위에 무언가를 체크했다.

그런 모습이 한참을 이어진 뒤 완성됐는지 종이를 내려놓은 딕이 허탈하게 웃었다.

"이 곡을 하룻밤 만에 만들었다고?"

"네, 얼마나 걸렸는지는 모르지만… 아마 두 시간 안팎으로 생각됩니다."

"말도 안 돼! 앤드류, 이거 봐봐. 내가 지금 체크해 놓은 거. 내가 지금 비트에 악센트 준 부분을 체크한 거거든? 기존 곡들하고 완전 달라. 언뜻 보면 제멋대로 리듬에 힘준 거 같은데 그게 아니야."

앤드류는 손까지 부르르 떨고 있는 딕이 내미는 종이를 봤다.

"앞부분은 분명히 두 번째, 네 번째에 악센트를 주고 있거든? 이거 분명히 컴퓨터로 찍기만 했을 텐데, 그럼 음량까지 전부 다 조절했다는 거야. 그런데 더 신기한 건 전조도 아닌데 같은 비트에서 또 악센트를 주는 부분이 바뀐다는 거야. 지가 하고 싶은 대로. 그런데 문제는 전혀 안 이상해. 오히려 더 신나. 이게 말이 돼?"

"그렇습니까?"

"걔 도대체 뭐야? 그 이상한 놈이 쓴 거 맞아? 내가 스튜디오로 돌아와 걔 노래를 찾아서 들어봤는데 지금 거랑 완전 분위기가 다르던데……."

앤드류는 직접 찾아서 들었다는 딕의 말에 피식 웃었다.

"다른 곡들은 어떻습니까?"

"다른 곡도 건드릴 부분이 없지. 건드리면 안 돼. 내가 봐도 그게 최고야."

"그럼 지금 들으신 곡, 만약 싱글로 내놓게 되면 성적이 어떻게 될 것 같습니까?"

앤드류는 딕의 말을 전부 신용하는 것은 아니지만, 그래도 빌보드 1위 자리를 차지한 라이올라이의 프로듀서라는 것 때문에 물었다.

그러자 딕이 가만히 생각하고는 손가락 열 개를 폈다가 접은 뒤 다시 두 개의 손가락을 들어 올렸다.

"흠, 12위 정도면……."

상당히 좋게 들은 자신과는 다른 듯해 보이는 딕의 생각에 앤드류는 턱을 한 번 쓰다듬었다. 그때, 딕이 그것이 아니라며 고개를 저었다.

"12위가 아니고 MFB가 조금만 밀어줘도 12주 1위! 그것도 최소로 본 거야. 얼마나 될지는 나도 모르지."

딕의 목소리는 확신이 가득 차 있었다. 앤드류는 딕에게마저 좋은 평가가 나오자 생각에 잠겼다.

앨범에 수록될 모든 곡이 완성되어도 타이틀곡을 'Lon'으로 해도 되지만, 문제는 다음에 만들 곡이 이 곡보다 좋을 수도 있다는 점이다.

앤드류는 혼자 중얼거리기 시작했다.

"최소 두 달 뒤 녹음… 그럼 석 달 뒤 앨범… 12주면… 기간이 딱 맞을 것 같은데……."

한참을 중얼거리며 생각하던 앤드류는 곧장 윤후에게 전화를 걸었다.

"제가 며칠 자리를 비울 것 같습니다. 뉴욕에 다녀올 예정이니 다녀와서 말씀드리겠습니다."

*　　　　　*　　　　　*

며칠 뒤, 윤후가 머무는 집이 어느새 아지트처럼 되었다.

제이와 루아는 물론이고 이종락까지 찾아왔고, 심지어 식사 준비까지 도맡아했다.

"너 만났다고 대표님한테 무지하게 욕먹었어."

"왜요?"

"우리가 너 찾아간 줄 알고. 우연히 만났다고 그래도 왜 그렇게 못 믿는지."

"그래서 전화해서 미안하다고 그랬구나?"

"너한테도 전화했어?"

"네, 가끔 연락해요."

이종락은 김 대표를 떠올리고는 못 말린다는 듯 고개를 저었다.

"그런데 그 집사 같은 사람은 어디 갔어? 요새 며칠 안 보이던데."

"앤드류 씨요? 아까 뉴욕에서 출발한다고 그랬으니까 곧 올 거예요."

말이 끝나기 무섭게 초인종 소리가 울렸다. 다들 식사 준비를 하고 있기에 윤후가 문을 열었다. 집 안으로 들어온 앤드류는 여러 사람들이 보여 곤란한 표정이 되었다.

앤드류는 당장 하고 싶은 말이 많았기에 잠시 고민하고는 윤후에게 말했다.

"잠시 얘기 좀 나누시죠. 론 씨도 같이 있었으면 좋겠습니다."

윤후는 고개를 갸웃거리고는 알겠다고 대답했다.

그러자 이종락과 세 사람이 혹시 자신들 때문인가 하고 눈치를 봤다.

"앨범 때문에 얘기드릴 게 있어서 그런 거니 이해 부탁드립니다."

"네, 저희야… 뭐……."

앤드류는 서둘러 계단을 올라 작업실로 향했고, 론은 왜 자신도 가는지 모르겠다는 얼굴로 따라 올라갔다.

그리고 작업실에 들어서자 앤드류는 아무런 설명도 없이 말을 꺼냈다.

"후 씨, 'Lon'을 싱글로 발매하시는 게 어떻겠습니까?"

"왜요?

"일단 한번 보시죠."

앤드류는 꽤 두꺼운 서류 뭉치를 윤후에게 건넸다.

윤후는 당황스러운지 볼을 긁적이며 앞 장부터 살폈다.

'Lon'에 대한 평가를 정리한 서류였다. 좋지 않은 얘기는 빼놓은 것처럼 전부 호평 일색이었다.

윤후는 몇 장 살펴보다가 서류를 덮고는 앤드류를 쳐다봤다. 앤드류는 역시 그럴 줄 알았다는 듯 고개를 끄덕이며 말했다.

"보시다시피 전부 좋은 평가입니다. 전부 회사 소속의 뮤지션들이고, 그들이 모두 같은 말을 하더군요. 빌보드 올해의 곡이 분명하다고."

윤후는 자신의 곡에 대한 좋은 평가가 기분 좋은지 론을 보며 어깨를 으쓱거렸다.

"그리고 활동은 안 하셔도 됩니다. 그저 디지털 싱글로만 발매하고 지금처럼 작업하시면 됩니다. 그리고 'Lon'은 후 씨의 정규 앨범에 수록되어 판매될 예정입니다. 어떠십니까?"

앤드류는 조심스럽게 입을 열었다. 뉴욕 회의에서는 활동을 겸하는 쪽으로 얘기가 나왔지만, 앤드류가 보기에 윤후가 활동을 하게 되면 분명 악영향이 있을 것이라 생각했다.

힘들게 회사를 설득했고, 콜린의 허락하에 지금의 조건을 만든 것이다. 그리고 그 생각이 맞았다는 듯이 윤후는 고개를 끄덕거리고 있었다.

"잘됐네요."

"하, 감사합니다."

오히려 감사 인사를 받은 윤후는 고개를 갸웃거렸다.

"그럼 활동은 나중에 해도 되는 거예요?"

마치 앨범 활동을 싫어하는 것 같은 느낌이다. 활동을 안 한다고 하면 문제가 되기에 앤드류는 조심스럽게 물었다.

"혹시… 방송하기 싫으신 겁니까?"

"아니요. 그런 게 아니라 춤이 좀 이상해서요. 꼭 만들면서 연습하면 될 거 같아서요."

"네?"

윤후가 론을 보며 어깨를 씰룩거리자 론이 배를 잡고 웃었다. 상황을 이해하지 못한 앤드류가 멍한 얼굴로 두 사람을 번갈아 보자 론이 웃으며 말했다.

"못 보셨어요? 계속 춤추면서 노래 부르는데."

"그, 그렇습니까?"

"하지 말래도 계속해요."

"어떤 춤인지……."

"그냥 제 흉내 내는 것 같은데… 그냥 론, 론, 론 하는 부분에서 계속 다리를 쩔뚝거려요."

앤드류는 윤후가 무슨 춤을 춘다는 것인지 이해를 못 하는 얼굴이었고, 윤후는 여전히 미소를 지으며 말했다.

"그 부분, 네 생각하면서 쓴 거야. 론하고 쿵, 론하고 쿵, 그렇게 박자 나오잖아."

"난 말해도 모른다니까. 아무튼 그거 이상해. 크크크크."

대화를 듣고 있던 앤드류는 딕이 한 말이 떠올랐다. 비트에 악센트를 준 게 그런 이유였다니. 하지만 또 그런 것을 위화감 없이 음악에 녹여놓은 것을 생각하면 대단하다는 점은 변하지 않았다.

그리고 활동에 대해 부정적이지 않다는 것도 다행이라고 생각했다.

이제 'Lon'을 녹음만 하면 회사에서 처리할 것이기에 바쁘게 될 터이지만, 진심으로 그날이 오길 바랐다.

앤드류는 기대되는 얼굴이 되었다가 자신을 바라보는 두 사람에 정신을 차렸다. 그러고는 목을 가다듬고 론에게 말을 꺼냈다.

"저… 론 씨도 'Lon'의 대상이 론 씨이다 보니… 혹시 차후에 초상권에 대해 문제가 생길 수 있어서 뵙자고 했습니다."

론은 앤드류의 말에 살짝 기분 나쁜 듯 얼굴을 찡그렸다.

분명 자신을 대상으로 만들었지만, 그 곡은 어디까지나 윤후가 만들었기에 생각도 해보지 않은 일이다.

그런데 앤드류의 말은 마치 자신이 문제 삼을 것처럼 느껴져 얼굴을 씰룩거렸다. 한데 앤드류의 말뜻은 그런 것이 아니었다.

"미리 대비해야 합니다. 'Lon'이 얼마나 인기가 있을지는 모르지만, 확실한 건 그 인기가 적지는 않을 것입니다. 저희 회사에서 예상한 것이니 정확합니다. 그럼 그 뒤에 곡의 대상이 론 씨라는 것이 밝혀진다면 많은 취재 요청이 있을 겁니다."

"아, 그래요?"

론은 확신에 찬 앤드류의 말에 자신이 괜한 오해를 한 듯해 얼굴을 붉혔다.

"그래서 론 씨의 취재 건을 저희에게 일임해 주셨으면 합니다. 물론 계약을 하게 될 테고요."

"저를요? 저를 왜……?"

"생각보다 취재 요청이 많을 수도 있습니다. 어떤 사람을 보고 노래를 썼기에 저렇게 기분 좋고 신나는 곡을 썼을까 궁금해할 것이 분명하니까요."

"그럼… 돈을 얼마나 드려야……."

"취재 건에 따라 다르겠지만 2 대 8로 보시면 됩니다. 물론 저희가 2입니다."

돈을 주고 관리를 받는 줄 알았던 론은 오히려 돈을 벌게 된 것 같은 상황에 멍해졌다.

그래도 어떻게 해야 하는지 몰라 쉽게 대답하지 못하고 윤후에게 도움의 눈빛을 보냈다.

"하는 게 좋을걸. 미국에서는 잘 모르겠는데… 한국에서 내가 겪어봤을 때 기자들이 생각보다 피곤하거든. 좋은 사람들도 있는데 대부분 피곤해서."

"그래?"

"아니면 나하고 계속 같이 다녀. 그럼 되잖아."

"에이, 어떻게 그래."

론은 피식 웃으며 앤드류에게 긍정적인 대답을 내놓았다. 그러자 앤드류도 다시 준비를 해온다고 말하고는 윤후의 일정에 대해 논의했다.

"녹음실은 며칠 전에 본 딕 씨의 녹음실에서 하게 될 겁니다."

"싫은데요."

"…네?"

"저 녹음, 뉴욕에서 할 거예요."

"솔직히 뉴욕 스튜디오보다 지금 이곳이 모든 면에서 월등히 좋습니다."

"그래도 뉴욕 스튜디오에서 할게요."

앤드류는 갑자기 고집을 부리는 윤후의 모습에 알다가도 모르겠다는 듯 멍한 얼굴로 바라봤다.

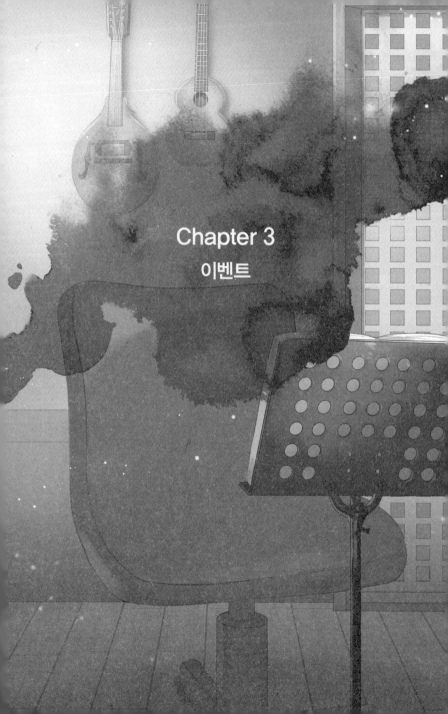

Chapter 3

이벤트

콜린은 윤후가 뉴욕에 도착했다는 소식에 오랜만에 얼굴이나 볼 생각이었다. 그런데 앞에 있는 앤드류의 보고에 어이가 없어 웃고 말았다.

"그러니까 반나절 만에 녹음하고 다시 LA로 돌아갔다고?"

"네, 그렇습니다. 미디와 기타는 후 씨가 직접 연주했고, 드럼만 대표님이 말씀하신 한국에서 오신 분이 연주했습니다."

"그래, 어쩔 수 없지."

그리고 윤후에 대한 보고를 이어 받던 콜린은 옛 생각이

나는지 미소 지었다. 빈센트에게 자신이 있었다면 윤후에게
는 론이라는 친구가 있었다. 윤후의 얘기가 자신의 젊은 시
절을 생각나게 만들었다.

＊　　　　　＊　　　　　＊

아침에 뉴욕으로 출발했다가 저녁에 LA로 돌아온 윤후는
뉴욕 구경도 못 했다며 투덜거리는 제이를 피해 집으로 돌
아왔다.

"오랜만입니다."

"아, 네. 안녕하세요."

거실에 은주와 론, 론을 돌봐주었던 로버트라는 사람이
와 있었다.

처음에 자신을 경계하던 모습과 다르게 미소까지 지으며
인사를 했다.

윤후도 인사를 할 때, 테이블 위에 놓인 카메라 가방이 눈
에 들어왔다.

렌즈가 담긴 케이스와 카메라 장비까지 들고 온 것으로 보
아 어딘가 촬영을 다녀온 것 같았다. 그때 론이 웃으며 윤후
를 반겨주었다.

"그런데 벌써 왔어?"

"응, 제이 형이 잘해줘서 금방 했어."

"흐흐, 춤도 췄어?"

윤후가 어깨를 으쓱거리자 론이 피식 웃고는 윤후를 불렀다.

"이리 와봐. 로버트 아저씨가 사진 공부하라고 선물 주셨거든."

윤후는 테이블 위에 있는 카메라가 로버트의 것이 아니고 론에게 주는 선물이라는 것을 알고는 내심 놀랐다.

장비만 해도 가격이 상당할 덴데 선뜻 선물을 주는 모습에 론이 사진을 공부하기를 얼마나 기다렸는지 그 마음이 느껴졌다.

"아빠 유품은 들고 다닐 거고… 이걸로 찍어보고 하려고."

"응, 좋다. 찍어봤어?"

"아직. 아, 잘됐다. 그러지 말고 내가 찍어줄게."

"나?"

론이 카메라를 꺼내면서 윤후에게 재촉했고, 윤후도 새 카메라의 첫 대상이 자신이라는 사실이 좋은지 미소 지었다.

그러고는 자세를 취하다가 말고 말했다.

"같이 찍자."

"그럴까? 그럼… 잘됐다. 로버트 아저씨, 저희 좀 찍어주세요."

그러자 로버트가 미소 지은 채로 아니라며 손을 저었다.

"첫 촬영은 주인이 해야지. 먼저 네가 후 씨를 찍고 난 다음에 내가 찍어주도록 할게."

"아, 네."

대화를 듣고 있던 윤후도 이해했는지 고개를 끄덕거렸다. 하지만 론이 촬영을 하려 할 때 윤후가 촬영을 제지했다.

"론, 같이 찍자."

"먼저 찍은 다음에 찍어주신다잖아. 먼저 찍고 같이 찍자."

윤후는 론을 보고 씨익 웃었다.

"에릭 아저씨처럼 하면 되잖아."

"아!"

*　　　　*　　　　*

가볍게 사진 한 장을 찍으려고 했건만 어느새 집 앞마당까지 나오게 됐다.

로버트에게 선물 받은 삼각대에 카메라를 올린 론은 기분 좋은 얼굴로 카메라 앵글을 보며 윤후에게 말했다.

"살짝 오른쪽으로. 거기 딱 좋다. 우리 집도 보이고."

다시 앵글을 확인한 론은 문득 아빠도 이러지 않았을까

하는 생각이 들었고, 그런 에릭의 모습을 떠올리게 만들어준 윤후가 고마웠다.

론이 타이머까지 조작하고 고개를 들자 자신을 보며 손짓하는 윤후가 보였다.

론은 윤후와 똑같은 미소를 지으며 서둘러 이동했다.

하지만 깁스를 한 다리 때문에 쩔뚝이느라 시간이 걸렸고, 그때 카메라 셔터 소리가 들렸다.

찰칵.

론은 걸음을 멈추고 뒤를 돌아 카메라를 보며 얼굴을 찡그렸다.

첫 촬영이 이런 식으로 끝나다니 허무했다. 윤후를 보자 윤후가 손을 들어 올리고 웃고 있었다.

"뭐야? 하하하! 론 네 뒷모습만 나왔겠다."

"아이, 좀 더 넉넉하게 해야 하는데… 십 초로 해놔서 그래."

어차피 첫 촬영이 끝났기에 론은 다시 카메라 앞으로 이동했다. 그러고는 억울한지 카메라를 보고 얼굴을 씰룩이며 다시 타이머를 조작하려 했다.

그런데 앵글에 자신이 못 찍은 게 웃긴지 소리까지 내며 웃는 윤후의 얼굴이 보였고, 그 모습이 너무나 자연스러워 보였다. 그래서 론은 타이머를 조작하는 대신 윤후와 같은 미소를 지으며 셔터를 눌렀다.

"왜 또 찍어? 같이 찍자니까."

"잘못 눌렀어. 아이!"

론은 웃는 얼굴로 말을 얼버무리며 다시 타이머를 조작하고는 윤후에게로 향했다.

이번에는 제대로 촬영이 됐고, 그 뒤로도 은주와 함께, 로버트와 함께 찍었다.

어느새 선물 받은 카메라엔 사진이 가득했다.

*   *   *

LA로 돌아온 앤드류는 윤후에게 'Lon'의 향후 계획을 설명했다.

언제나처럼 론도 옆에 있었지만, 이미 같은 배를 탄 것이나 다름없기에 앤드류의 설명은 계속되었다.

"일단 홍보용 CD가 제작되면 각 지역의 신문에 실리는 비평가들에게 비평을 부탁할 겁니다. 물론 자신이 있기도 하고 무엇보다 활동하지 않기에 노출시키기엔 이것이 제일 적당하다고 판단했습니다. 그리고 빌보드 및 아이튠즈, 그리고 스포티파이에서 공개될 예정이며 모두 같은 날, 같은 시간에 공개됩니다. 그 이후에는 라디오와 인터넷이 주로 활동 장소가 되겠지요."

"네, 감사합니다. 그런데 덥덥이들한테… 얘기해야 해요."

앤드류도 이미 알고 있다는 듯이 고개를 끄덕이며 말했다.

"그건 저희가 따로 준비하고 있습니다. 그것보다 이 사진들 좀 보시죠."

"이게 뭐예요?"

"스튜디오에서 촬영하는 거 싫어하실 거 같아서 저희가 준비한 이미지들입니다. 곡의 재밌고 밝은 이미지를 형상화한 그림입니다. 이 중 마음에 드는 걸로 고르시면 됩니다. 혹시 마음에 드는 게 없으면 직접 작업하셔도 됩니다."

이미 윤후가 자신의 앨범 표지 사진을 전부 직접 작업했다는 것을 알기에 꺼낸 말이다.

윤후도 고개를 끄덕거리고는 앤드류가 준 그림들을 보다 말고 피식 웃었다.

"왜 그러십니까?"

"아, 어제 론이 사진 찍어준 게 생각나서요."

윤후의 실실 웃는 얼굴이 신기한 앤드류는 어떤 사진이기에 윤후를 저렇게 만드는지 궁금했다.

웃고 있는 윤후에게 웃지 말라고 투덜거리는 론을 보며 물었다.

"실례지만 보여주실 수 있겠습니까?"

"네? 잘못 찍은 사진인데……."

"보여주기 어려우시면 괜찮습니다."

"그런 건 아닌데… 잠시만요."

앤드류는 매니저로서 하면 안 되는 연예인의 사생활을 궁금해했다는 걸 깨닫고는 바로 바로잡았다. 하지만 론은 그 바로잡은 말 때문에 따돌리는 것처럼 느낄 수도 있다고 생각하며 옆에 놔둔 카메라를 만졌다.

그러고는 뒷모습이 나온 사진이 아닌 윤후 혼자 나온 사진을 띄우고 앤드류에게 내밀었다.

"따로 저장은 안 해놔서요."

앤드류는 카메라를 건네받고는 조그만 LCD 화면을 들여다봤다.

윤후 혼자 웃고 있는 사진이 보였고, 생각보다 그림이 좋았다. 그리고 한 장씩 돌려 보던 앤드류는 윤후가 지금 웃고 있는 이유를 알았다.

그 사진을 한참이나 보던 앤드류가 론을 보며 물었다.

"노트북에 연결해서 봐도 되겠습니까?"

"네. 잠시만요. 어댑터가 위에 있어서요."

쩔뚝이는 론 대신 윤후가 직접 올라가서 어댑터를 가져와 앤드류에게 주었고, 앤드류는 메모리 카드를 연결해서 컴퓨터에 사진을 띄웠다.

그러자 좀 더 크게 볼 수 있었고, 앤드류는 말없이 화면만 바라봤다.

윤후가 손을 들고 있는 모습, 그리고 론의 뒷모습.

잘못 찍은 사진임이 분명하지만 'Lon'의 이미지와 너무나 어울렸다.

사진 속 친구에게 손을 드는 모습이 자연스럽게 담겨 있었다.

앤드류는 한참 동안 생각하더니 고개를 들어 론과 윤후를 보았다.

"후 씨, 이 사진을 싱글 앨범 표지 사진으로 쓰면 어떻습니까?"

"아, 좋은데요? 전 좋아요. 론 넌 어때?"

"난… 뒷모습인데?"

그러자 앤드류가 바로 설명했다.

"뒷모습이라서 썼으면 하는 겁니다. 후 씨야 가수시니까 상관이 없지만 론 씨는 아직 일반인이니까요. 얼굴을 알리고 싶으시면 얼굴 나오게 찍으셔도 됩니다. 하지만 나중에 취재 요청을 보면 아시겠지만 생각한 것보다 벅찰 겁니다."

"아, 네. 그럼 뭐… 저도 괜찮아요."

"그럼 이 사진에 대한 지불은 회사에서 회의를 한 뒤 다시 얘기했으면 합니다. 괜찮으십니까?"

"네? 괜찮은데요. 그냥 윤후 앨범인데 그냥 쓰셔도 돼요."

우연하게 찍힌 사진이고 생각지도 못한 일이기에 론은 사양했다. 그럼에도 그럴 수 없다는 앤드류의 고집에 결국 알아서 하라고 말할 수밖에 없었다.

"그럼 좀 전 두 분이 담긴 사진과 여기 후 씨가 혼자 웃고 있는 사진, 이 두 사진을 사용했으면 합니다."

론은 머리를 긁적이며 고개를 끄덕였다.

*   *   *

뉴욕의 팀과 원격으로 두 장의 사진에 대해 회의를 했고, 팀원들은 상당히 적극적이었다.

앨범이 아닌 싱글 음원으로만 발매하다 보니 두 장의 사진을 다 실을 수 없었다.

팀원 대부분이 윤후와 론의 사진을 우선적으로 생각하긴 했지만, 다른 사진도 묻어두기엔 아까웠다. 그렇다고 앨범에 수록하기에도 문제가 있었다.

이미 한 번 노출된 이미지를 계속 끌고 갔다가 자칫 잘못하면 이미지가 고정될 수 있었다.

한참을 고민할 때 팀원의 목소리가 들렸다.

—그럼 그 첫 번째 사진은 앨범으로 하고 두 번째 사진

은… 한국으로 보내는 것이 어떨까요?

─맞다! 그 W. I. W.? 그 광신도들을 진정시키는 게 좋겠습니다.

─아, 그러네. 사진 옆자리를 비워놓고 옆으로 오라는 것처럼 찍어놔서. 게다가 일상생활 사진이니까. 좀 진정됐으면 좋겠다.

팬카페 관리는 라온에서 하고 있지만 광적인 팬들은 MFB에 직접 문의를 했고, 그 모든 것은 윤후의 팀에서 맡고 있었다.

한국에서 윤후의 인기를 직접 본 앤드류는 팀원들이 꽤 시달린 것 같았기에 그것도 괜찮다고 생각하며 고개를 끄덕였다.

"그럼 그렇게 하자고. 바로 작업 들어가고 뮤직비디오 나오면 바로 음원 올라오는 것으로 진행하지. 그리고 톰은 음원 나오는 즉시 비평가들에게 답변을 다 받을 수 있도록 해. 지역 신문사들도 다시 확인하고."

팀원들도 알았다는 듯이 대답했고, 원격 회의를 마치려 할 때 뮤직비디오를 담당한 파스칼이 손을 번쩍 들었다.

─팀장님, 뮤직비디오는 새로 촬영하는 것이 좋지 않을까요?"

"왜? 스튜디오에서 찍은 걸로 부족해?"

―그건 아닌데… 지금 사진 보니까 좋은 생각이 나서요. 굉장히 재밌을 거 같은데.

앤드류가 설명을 해보라고 말하자 파스칼은 자신이 생각한 것을 말하기 시작했다.

앤드류는 다시 한번 사진을 쳐다봤다.

확실히 파스칼이 말한 대로 한다면 윤후도 부담이 없을 것이고 그림도 잘 나올 것 같았다.

*   *   *

며칠 뒤, LA의 영화 촬영장처럼 보이는 곳으로 이동한 윤후는 트레일러로 된 대기실에서 촬영이 시작되기를 기다렸다.

"야, 대표님이 이상해졌다니까? 우리 우정 출연해도 되느냐고 그러니까 무조건 하래."

"앤드류 씨가 그냥 안 보낼 거예요."

"됐어, 무슨. 그냥 하는 소리지. 그런데 촬영장에서 그냥 얘기만 해도 되는 거야?"

"네, 그냥 얘기만 하라더라고요."

제이와 루아까지 뮤직비디오에 출연하게 되었다. 윤후의 일상 모습을 담으려 했기에 앤드류는 은주까지 섭외하려 했지만, 은주는 극구 사양했기에 윤후와 친분이 있는 제이와 루아만 함께했다.

물론 론도 함께하지만 단 한 컷만 출연하는 데다 그것마저도 사진처럼 뒷모습이었다.

그렇게 잠시 대기하고 있다 보니 스태프가 바로 촬영을 시작한다고 알려왔다.

제이와 루아를 비롯해 론까지 함께 이동했고, 리허설 때 잠시 본 스튜디오로 들어갔다.

세 사람은 소파에 앉았고, 론만 카메라 밖에 멀찌감치 떨어져 앉았다.

촬영은 신기하게도 컷이 없었다. 지금 하는 것이 촬영인지 무슨 가게에 와 있는 건지 헷갈릴 정도로 자유로웠다.

그저 스태프가 음료를 가져오면 마시고 먹을 걸 가져오면 먹는 것이 촬영의 전부였다. 그러다 윤후는 카메라 밖에서 혼자 커피를 홀짝이는 론을 봤다.

웃는 얼굴로 앞에 놓인 과일을 들고 론에게 건넨 후 다시 돌아왔다.

그때 현장을 지휘하던 감독이 화면을 보고는 드디어 처음으로 촬영을 중지했다. 그러고는 좀 전에 윤후가 일어나 과일을 건네는 장면을 돌려봤다.

"어때? 좋지?"

"네, MFB에서도 이런 그림을 원했는데 딱 좋은데요?"

"좋은데? 느낌 좋아."

감독은 곧바로 자리에서 일어나 윤후가 아닌 론에게 다가갔다. 그러고는 약간 미안한 얼굴을 하고 입을 열었다.

"저… 죄송한데 좀 도와주시면 안 되겠습니까?"

감독의 말에 론은 자신에게 촬영을 도와달라는 말로 오해했는지 급하게 손을 저었다.

"네? 제가요? 저는 이제 배우기 시작한걸요."

"아, 그게 아니고요… 자리만 좀 옮겨주시면 됩니다."

"아, 네."

감독에게 지시를 받은 촬영 팀은 론의 자리를 마련했고, 론은 그 자리를 보고는 부끄러운지 볼을 붉적였다.

*   *   *

"론, 이거 먹을래?"

윤후는 론을 보며 재미있다는 듯 신난 얼굴로 웃었다. 촬영 팀에서 마련한 론의 자리는 카메라 바로 밑이었다.

그리고 그걸로 부족했는지 론의 머리 좌우까지 총 세 대의 카메라가 론과 함께하고 있었다.

그 모습이 웃긴지 윤후는 물론이고 제이와 루아까지 론을 보며 웃었다.

"좋아! 완전 좋아! 카메라에 대고 얘기하는 거 같잖아!"

화면을 보던 감독은 생각보다 잘 풀리는 촬영에 기분이 좋은지 '굿'을 쉴 새 없이 외쳤다. MFB에서 원한 콘셉트로 완벽하게 담기고 있었다.

촬영은 막힘없이 이어졌다.

바로 옆의 피아노와 기타가 놓인 세트장으로 이동해서도 똑같은 촬영이 이어졌다.

너무 말을 많이 해서인지 세 사람은 대화가 점점 줄어들었다. 처음보다 말수가 없어진 걸 느낀 감독은 콘티의 마지막 장면을 촬영하기 위해 론에게 세트장으로 들어가 달라고 부탁했다.

사실 이미 촬영은 충분했지만 기왕 찍는 것 마지막 장면까지 찍어보자는 생각이었다.

그러자 세트장 안에서 론을 보고 있던 윤후가 활짝 웃으며 자리에서 일어섰다.

"수고했어. 네가 제일 심심했겠다."

"뭐… 촬영이 이상한데?"

윤후는 미소를 지은 채 론에게 다가왔고, 그 모습을 본 감독은 손가락을 위로 올려 빙빙 돌리며 촬영을 계속하라고 지시했다.

그럼에도 윤후는 신경 쓰지 않고 깁스를 하고 있는 론을 부축해 세트장으로 이동했다. 윤후와 론이 소파에 다가가자마자 감독의 목소리가 들렸다.

"컷! 오늘 촬영 끝! 대박이다!"

소파에 앉으려던 론은 울상인 채로 윤후를 바라봤고, 윤후는 그 모습이 웃긴지 또 크게 웃었다.

*   *   *

며칠 뒤, 라온에 있던 김 대표는 MFB라는 회사의 힘을 다시 느꼈다.

아직 윤후를 모르는 나라가 대부분일 텐데도 70여 개국 동시 음원 발매를 했다. 윤후를 최선을 다해 서포터해 주고 있었다.

게다가 윤후도 많이 변했다. 윤후의 노래라고 말하지 않았다면 비슷한 목소리를 가진 사람이 불렀다고 생각할 만큼 신나는 곡이었다.

그리고 앤드류가 보낸 사진 속에는 한국에서는 보기 힘든 환하게 웃고 있는 모습이 담겨 있었고, Y튜브에 올라온 윤후의 뮤직비디오를 처음 봤을 때는 자신도 모르게 자리에서 일어서기까지 했다.

카메라 앞에서 너무나 자연스럽게 웃고 있었다.

윤후와 가끔 통화하기에 친구가 생겼다는 얘기는 들었지만, 친구 하나 생겼다고 저렇게까지 변한 윤후가 신기하기만 했다.

물론 윤후에 대해 모두 알고 있는 김 대표는 론이라는 친구가 에릭의 아들이라는 사실도 알고 있었다.

김 대표는 고맙기도 하면서 너무 많이 변한 모습에 약간 서운한 마음도 들었다.

하지만 저렇게 환하게 웃는 윤후를 보니 잘한 선택이라고 생각했다.

Y튜브에 올라온 뮤직비디오를 보던 김 대표는 론에게 어깨동무를 하는 윤후의 모습을 보고서야 화면을 닫았다.

그러고는 미소가 가득한 얼굴로 사무실을 둘러봤다.

"진주야, 팬카페 반응은 어때?"

김 대표의 질문에도 김진주는 들리지 않는지 모니터에 얼굴을 묻고 무언가 열심히 만지고 있었다.

김 대표는 무슨 문제가 있는 건가 싶어 고개를 갸웃거리며 김진주에게 다가갔다.

자신이 옆에 와도 모를 정도로 빠져 있는 김진주의 모습에 김 대표도 모니터를 쳐다봤다.

"야, 너 뭐 하냐?"

"어? 대표님! 어……?"

김진주는 서둘러 창을 내렸다. 하지만 이미 다 본 김 대표는 마우스를 뺏어 다시 창을 띄웠다.

"너 지금까지 일 안 하고 네 사진을 윤후 사진 옆에다가 붙이고 있던 거냐?"

"죄송해요……."

"어휴, 말을 말아야지. 너 그거 변태 같아. 그냥 사진만 볼 것이지 이상하게 옆에다가 붙여놔?"

"이상해요?"

그제야 김 대표는 사진을 다시 봤다.

그런데 뭔가 좀 이상했다. 갖다 붙인 건 알겠는데 묘하게 그럴싸해 보였다.

윤후의 옆에 김진주의 사진을 붙여도 원래 이렇게 찍으려 한 것 같은 느낌이었다.

"와, 기술 좋은데?"

"히히, 감쪽같죠? 그럼 올려야지."

"어디다? 팬카페에다? 너 그러다 맞아 죽는다."

김진주는 김 대표의 말이 틀렸다는 듯 쌜쭉하게 쳐다보고는 한시가 급한지 팬카페에 들어갔다. 그러고는 포토샵으로 자신을 합성한 사진을 올리며 대답했다.

"지금 덥덥이들, 전부 이거 하고 있을걸요."

김 대표가 멍한 얼굴로 쳐다보자 김진주가 직접 새로 만들어놓은 카테고리를 가리켰다.

[Who와 함께]

그리고 그 카테고리에 들어가니 얼마나 많은 사람들이 올렸는지 열 페이지가 넘어 다음 장 표시까지 떠 있었다.

"이거 오늘 올린 거 아니야?"

"맞아요. 지금 난리 났어요."

"너 혹시… 여기에 무슨 상금 걸었냐?"

"아니요. 히히. 처음에 이 기자님이 올렸는데 사람들이 너도나도 따라 올리고 있어요. 지금 합성하느라고 사진도 찍고 난리도 아니에요. 이 기자님이 올리신 거 보실래요? 장난 아닌데."

김 대표는 김진주가 보여주는 화면을 보고는 어이없다는 듯 웃었다. 윤후처럼 환하게 웃고 있는 사진이 정말 같이 찍은 것처럼 보였다.

김 대표는 사진을 한참 동안 보다가 윤후가 한국에 있었더라면 이걸로 이벤트라도 했으면 좋았을 것 같다는 생각을 했다.

그때, 앤드류에게서 전화가 왔다.

"야, 최 팀장! 전화 좀 받아! 앤드류! 앤드류!"

영어에 취약하다 보니 최 팀장에게 넘길 수밖에 없었고, 김 대표는 알아듣지 못함에도 궁금한지 최 팀장의 옆에 붙어 있었다.

"네, 발매되자마자 지금 POP 부분에서 1위입니다. 축하드립니다."

—감사합니다. 그래도 아직 한국에서만 그렇습니다.

"정말 좋은 곡이더군요. 윤후도 많이 밝아진 것 같고요."

한참 대화가 오갔고, 최 팀장은 옆에서 얼쩡거리는 김 대표를 보고는 고개를 갸웃거렸다.

그러고는 전화에 살짝 손을 올리고 김 대표에게 물었다.

"무슨 하실 말씀 있습니까?"

그저 궁금했기에 서 있던 김 대표는 최 팀장의 물음에 대답하지 않고 두리번거렸다. 아직까지 사진을 보는 김진주의 모습이 눈에 들어왔다.

김 대표는 윤후에게 뭐라도 해주고 싶은 마음에 말을 꺼냈다.

"한국에서 팬 관리하는 데 쓸 것으로 윤후 앨범 한 100장만 CD로 만들 수 없냐고 물어봐. 팔려는 건 아니고 이벤트용으로. 예전에 우리 팬미팅할 때 하던 것처럼 말이야."

최 팀장이 앤드류에게 전달했다. 잠시 뒤 앤드류가 이유를 물었는지 김 대표에게 이유가 뭐냐고 최 팀장이 물었다. 그러자 김 대표는 머쓱하게 웃으면서 사진에 대한 설명을 했다.

"백 장 정도 저기 합성사진 올린 거 이벤트해서 자기만의 CD를 만들어주는 거지. 백 장이면 우리도 무리 아니고 팬들은 더 뜨거워질 거고. 안 그래?"

최 팀장은 김 대표의 말을 그대로 전해주었고, 그 말을 끝으로 전화를 끊었다.

"뭐래? 하긴… 우리 소속도 아닌데. 너무 나섰네."

"저쪽에서는 무슨 일인지 모르고 있어서 알아보고 다시 연락드린다고 하는군요."

       *   *   *

앤드류의 팀이 LA로 전부 이동했다. 윤후의 집 부근에 비어 있는 렌트 하우스가 없어 조금 떨어진 곳에 자리를 잡았지만, 그 누구 하나 머무는 사람이 없었다.

전부 앤드류의 집에 머물며 식사도 제대로 못 했는지 빵을 입에 물고 연신 모니터를 확인했고, 어떤 팀원은 문서를 작성하는 일을 했다.

그러다 한국어를 할 줄 아는 직원이 팬카페 'W. I. W.'를 확인하다가 앤드류를 보며 물었다.

"이거 정말 장난 아니에요. 라온이라는 곳, 도대체 뭐예요?"

직원들의 말에 앤드류는 쉽게 대답하지 못했다.

그냥 작은 나라의 수많은 기획사들 중 한 곳으로 생각했다.

그리고 윤후라는 보석으로 운 좋게 성공을 거뒀다고 생각했는데 라온에서 꺼낸 말은 상당히 좋은 기획이었다.

"다들 어떻게 생각해?"

"상당히 재밌어요. 다만 포토샵을 만질 줄 알아야 이벤트에 참여할 수 있다는 점이 문제지만, 그것만 빼놓고 보면 상당히 재밌죠. 게다가 그 사진을 표지로 자신만의 CD를 이벤트 상품으로 주는데 팬이라면 갖고 싶지 않겠습니까?"

"그렇지. 한국 말고 다른 나라에서는 어떨 거 같아?"

"곡이 인기를 끄는 데 시간 좀 걸리겠지만, 분명히 재미있는 이벤트라고 생각할 겁니다. 그리고 이 이벤트 덕분에 이슈 몰이도 가능할 것 같고요. 그럼 생각보다 'Lon'이 더 뜨거워질 수도 있을 것 같습니다."

모두가 긍정적인 반응이었다. 다들 바쁘게 움직이는 모습을 보던 앤드류는 손뼉을 쳐 시선을 집중시켰다.

"일단 한국에서 먼저 이벤트를 시작해 보자. 그 결과를 보고 다른 나라에 얼마만큼의 숫자를 풀어야 할지 결정하기로 하고. 그리고 인사지원 팀에 연락해서 사진 보정 가능한 인원 계약해 달라고 해."

"오, 그럼 팬들이 사진만 보내면 저희 쪽에서 합성까지 해 준다는 말씀이군요?"

"그렇지. 그리고 더 많은 사람이 참여할 수 있게 팬카페에서 투표로 결정하자고."

"알겠습니다."

*   *   *

며칠 뒤, 그동안 한가하던 라온은 하루하루 전쟁을 치르는 중이었다.

항의 전화부터 이벤트 문의 전화까지 이벤트를 알리고 나서 시작된 전쟁이었다.

라온이 관리하는 윤후의 SNS 계정에도 눈 한 번 깜빡할 때마다 새 글이 올라왔다.

한국에서도 유명한 빌보드 순위에 아직 이름이 없어서 덥덥이들만의 축제였지만, 빌보드 순위에라도 오른 뒤 이벤트를 했다면 어찌 됐을지 상상만 해도 무서웠다.

그때, 이 전쟁의 끝을 알리는 김진주의 말이 들렸다.

"대표님, 투표 마감됐어요."

"하, 그래. 다행이다. 이 기자가 일 등이지?"

"네. 그런데 진짜 이거 너무한 거 아니에요? 왜 딱 백 명이야. 너무하잖아요. 일 등도 아니고 백 명 안에만 들면 되는 건데 어떻게 백 등에도 못 들어!"

김신주는 순위에 들지 못했는지 짜증을 내며 키보드를 부술 듯이 두드렸다.

김진주가 저럴 정도이니 다른 덥덥이들은 보지 않아도 어떨지 충분히 알 것 같았고, 그와 동시에 몸에 소름이 일었다.

"야, 막 난동 피우고 그러진 않겠지?"

"모르죠. 벌써부터 이벤트 당첨자들한테 CD 구매한다는 글도 보여요."

"그걸 뭐 하려고? 지들 사진도 아니고 남의 사진 가지고."

"사진이야… 프린트해서 표지를 해도 되고요. 나 같아도 사고 싶겠네."

"야, 미쳤네. 조금만 기다려. 몇 달 있으면 윤후 앨범 나오니까."

김진주는 그래도 무척이나 아쉬운 얼굴이었다.

*　　　*　　　*

미국 지역 신문마다 'Lon'에 관한 비평이 올라오기 시작했다.

큼지막하게 실리진 않았지만 그래도 동시다발적으로 윤후에 대해 비평이 올라오자 사람들이 관심을 갖기 시작했다.

그리고 넓은 땅의 특성상 각 주마다 인기 있는 곡이 다른 경우도 많았다.

그런 51개 주의 수많은 라디오에 동시다발적으로 'Lon'이 나오고 있었다.

그 결과 아직 빌보드에는 오르지 못했지만, 아이튠즈 쪽에서는 당당하게 순위권에 이름을 올려놓았다.

"첫 주에 89위. 시작이 좋아. 한국에선 어때?"

"한국 차트에선 계속 1위예요. 그런데 저희가 잘못 생각한 거 아닐까요? 이거 지금 한국에서 싱글만 내도 충분히 수익을 올릴 수 있을 것 같은데요."

"당장 앞만 보면 그 뒤를 못 보는 거야. 앨범은 얼마나 팔릴까? 기대되지 않아?"

팀원들도 이해는 했지만 너무 뜨거운 한국의 반응에 아쉬워하는 얼굴이었다.

"신기하지 않습니까? 사진을 바꿔도 일련번호로 저희 사이트에서 확인이 가능해서 그걸 사도 아무 소용 없을 텐데. 아까 확인했을 때 이천 달러까지 올라갔더라고요."

"후후, 그래. 다른 나라들은 어때?"

"아시아권에서는 꽤 선방하고 있습니다. 특히 일본하고 태국에서는 빠르게 올라오고 있어요."

"그래, 그럼 바로 일본하고 태국 동시에 이벤트 진행해."

"그리고 Y튜브 조회 수도 수시로 확인하고."

한국 덥덥이들의 힘만으로 보기에는 힘들 정도로 조회 수가 가파르게 상승하고 있었다.

＊　　　　＊　　　　＊

한류 음악을 듣고 리액션으로 방송을 하는 모니카는 자신의 Y튜브 채널에 올라온 신청곡을 봤다.

한류 방송을 전문으로 하고 ·있는 자신이지만 왜 자신의 시청자들이 대부분 한국 사람인지 이해가 가지 않았다.

그들은 그들이 추천해 준 음악을 듣는 자신의 표정을 궁금해했다.

그래서 그저 노래를 듣고 과장된 표정을 지어주면 좋아해 주기에 그다지 어려운 일도 아니었다.

오늘은 어떤 곡으로 영상을 찍을지 신청곡을 살펴보던 모니카는 동생 이름과 똑같은 곡을 신청한 글을 보며 웃었다.

"Lon? 야, 론. 너 이름으로 노래 나왔는데?"

모니카는 옆방에 있는 한 살 차이의 동생에게 들릴 리도 없건만 벽을 두드리면서 소리를 지른 뒤에야 'Lon'이 어떤 곡인지 살펴봤다.

"아, Who 노래였어? Who면 들을 만하지."

그리고 모니카는 캠으로 자신의 모습을 점검한 뒤 촬영을 시작하면서 Y튜브에 올라온 'Lon'을 재생시켰다.

윤후의 노래로도 방송을 몇 번 했기에 익숙했다.

그래서 이번에도 감성적인 노래라고 생각했는데 노래가 시작함과 동시에 자신도 모르게 혀를 내밀었다.

전혀 다른 분위기의 곡이었다.

모니카는 흥미를 느끼며 화면을 주시했고, 어느새 자신도 모르게 빠져들었다.

마치 화면 속에 있는 윤후가 화면 밖의 자신에게 손을 흔들어주는 것 같았고, 때로는 자신과 대화를 하듯이 웃어주는 것 같았다.

그래서 모니카는 자신도 모르게 두 볼에 양손을 올렸다.

"아, 너무 좋다!"

촬영하던 것까지 잊고 몇 번이나 영상을 더 보고는 인터넷으로 윤후에 대해 검색하기 시작했다.

그저 정신없이 검색하다가 윤후가 'Lon'을 미국에서 발매했다는 것을 알았고, 현재 미국에서 앨범을 준비한다는 기사를 확인했다.

기사가 많은 양이 아니었기에 부족함을 느끼며 더욱 인터넷 서핑에 매진하던 모니카는 결국 윤후의 추종자들이 모여 있는 한국의 팬카페 'W. I. W.'까지 들어갔다.

한글을 잘 모르는 모니카였는데 메인 화면에 걸려 있는 이상한 사진들이 눈에 들어왔다.

"뭐야? 여자 친구? 아닌데? 전부 Who는 같은 위치, 같은 표정인 거 보니까 합성인데……."

너무 자연스럽게 합성된 사진들에 1, 2, 3이라는 등수가 매겨져 있었다. 그런 사진을 메인 화면에 올려놓은 것을 보니 웃기기도 했지만 한편으로는 부럽기도 했다.

하지만 모니카는 한글을 모르기에 가입할 수가 없어 메인 화면을 보는 것이 전부였다.

다운 받으려 했지만 다운도 받지 못하게 막아놓아 집념으로 스크린 샷까지 찍었다.

그러고는 곧바로 자리에서 일어섰다.

잠시 뒤, 모니카는 옆방에 있는 동생 론을 데리고 방으로 돌아왔다.

"빨리 해!"

"아, 왜? 미쳤어, 진짜! 이제는 하다하다 별짓거리를 다 하네."

"해줘! 십 달러!"

"장난해? 오십."

어차피 줄 생각도 없었기에 모니카는 알았다며 빨리 하라고 재촉했다.

동생 론은 포토샵이 익숙한지 모니카의 사진을 윤후의 사진 옆으로 옮겨놓았다.

모니카는 스크린 샷으로 찍은 사진이다 보니 약간 어색했지만 충분히 만족스러웠다.

그리고 론에게 수고했다는 의미로 등을 팡 때려주었나.

"어서 나가!"

"뭐? 돈은? 내가 그럴 줄 알았다. 너 안 주면 후회할 텐데?"

"꺼져. 빨리."

모니카는 순순히 방을 나가는 동생이 의심스러웠지만, 그것보다 합성해 놓은 사진을 보는 데 정신이 없었다.

정말 자신의 옆에서 찍은 것처럼 보이기에 왠지 모르게 Who가 좀 더 친근하게 느껴졌다.

웃기도 하면서 정말 기대기라도 하듯이 머리까지 기울여 보던 모니카는 문득 녹화를 하고 있다는 것을 떠올렸다.

확인해 보니 언제 껐는지 녹화가 꺼져 있었다.

"언제 껐지? 이거 보다가 정신 팔려서 끈 줄도 몰랐네."

나중에 편집해서 올리려는 생각으로 다시 사진을 보고, 뮤직비디오를 보고, 윤후의 다른 곡들도 봤다.

시간 가는 줄 모르고 보느라 어느새 밤이 되었기에 뒤늦게 녹화한 것을 편집하기 시작했다.

뮤직비디오를 보는 부분만 내보내면 되기에 필요한 부분만 저장하고 자신의 채널에 올리려 했다.

그런데 모니카는 화면을 보고는 고개를 갸웃했다. 자신이 올린 기억이 없는 영상이 올라가 있었다.

화면을 보자 자신이 녹화를 시작할 때부터 론을 내쫓기 전까지의 영상이었다.

"론! 죽일 거야! 야!"

모니카는 서둘러 삭제하려다가 평소보다 높은 조회 수를 확인했다. 댓글을 확인하자 자기들도 사진에 합성해 보고 싶다는 댓글들이었다.

그리고 그 밑에는 친절하게 한국어와 영어로 'W. I. W.'에 가입하는 법을 알려주는 사람도 있었다. 어떤 사람은 미국에 사는 사람인지 MFB의 사이트에서도 이벤트를 진행한다고 알려줬다.

채팅창처럼 계속 이어지는 댓글들 때문에 조회 수가 높아지자 모니카는 고민되었다.

"그냥 놔두는 게 좋겠네."

　　　　　*　　　　　*　　　　　*

　앤드류는 당분간 업무를 봐야 했기에 대여한 사무실에 도착했다. 그리고 문을 열자 이른 아침임에도 불구하고 윤후의 팀 전원이 나와 있었다.

　전부 정신을 차리지 못하는 얼굴이었다.

　"팀장님! 지금 난리도 아니에요!"

　"야, 얀센, 일하다 말고 뭐 해! 너 베트남 프로모션 어떻게 됐어?"

　"바로 연락 준다고 했어요."

　앤드류는 자신에게 인사하다가 혼나는 팀원에게 계속 일을 보라며 손을 들어 올리고는 자신의 자리로 향했다.

　이미 예상했지만 책상에는 앤드류마저 고개를 저을 만큼 서류가 쌓여 있었다.

　외투를 벗어놓은 앤드류는 곧바로 팀원들이 분류해 놓은 서류를 훑기 시작했다.

　Y튜브 리액션 콘텐츠 방송에서 다수의 스트리머가 'Lon'의 리뷰 및 감상평을 내놓았다는 보고서였다. 앤드류는 바로 Y튜브에 접속한 뒤 'Lon'이라고 쳤는데 순간 나오는 연관 검색어가 눈에 들어왔다.

Lon Reaction Monica.

Lon Photoshop.

Lon Korea Singer 'Who'.

이미 보고를 받았기에 알고 있는 사실이지만 반응이 굉장했다.

앤드류는 미소를 지으며 리액션을 보여주는 방송을 클릭했다.

영상은 보지도 않고 반응을 보러 댓글부터 확인했다. 댓글을 본 앤드류는 기가 막혀 코웃음을 쳤다.

"뮤직비디오보다 댓글이 많은 거 같은데?"

윤후의 뮤직비디오에는 한국어로 된 댓글이 거의 다였다. 하지만 이곳에는 한국어도 있긴 했지만 알아볼 수 없는 세계 각국의 언어가 총망라되어 있었다.

앤드류는 알아보지 못했지만, 팀원들이 미리 중요하게 생각하는 댓글들을 번역해서 따로 준비했기에 앤드류는 영상을 재생시키고 서류를 읽었다.

대부분이 사진 이벤트에 대한 질문이었다.

심지어는 발매하지도 않은 나라 사람들까지 관심을 보이는 모습에 앤드류는 헛웃음을 지었다.

　　　　*　　　　　*　　　　　*

　윤후와 함께 작업실에 있던 론은 컴퓨터로 인터넷을 보다 말고 윤후를 봤다.

　수차례 자신의 노래에 대한 비평이 실린 기사들을 보여줬음에도 윤후는 전혀 신경 쓰지 않고 기타만 주야장천 연주했다.

　덤덤한 윤후와 달리 론은 헷갈린다는 얼굴이었다.

　"너 54위라니까."

　"응. 아까 봤잖아."

　"막 오르는데 안 기뻐?"

　"흠, 높은 건 아니잖아. 나 일 등도 오래 해봤는데."

　"아니, 팝으로는 처음이잖아. 아이튠즈에 올랐으면 내일 빌보드에도 오를 거 같은데?"

　윤후는 기타에서 손을 떼고 어깨를 으쓱거렸다.

　"빌보드에도 내 이름 있어. 세계 앨범 차트인가? 거기 순위에 있을걸."

　"그건 그냥 장르 차트나 마찬가지지. 그거랑 다르지."

　상당히 무덤덤한 윤후 때문에 론은 정말 대단하지 않은 건가 하는 생각이 들었다.

"옆집에 사는 루아 누나는 그 차트에서 1위였어. 대단한 거지."

"네가 더 대단한 거 같은데……."

둘이 대화를 나눌 때 작업실 문을 노크하고 앤드류가 들어왔다. 윤후와 론은 가볍게 인사를 했고, 앤드류는 급해 보이는 얼굴로 들어오자마자 말을 꺼냈다.

"두 분, 잠시 얘기 좀 가능하십니까?"

"저도요?"

론이 자신을 가리키며 묻자 앤드류가 고개를 끄덕였다.

론은 윤후를 봤지만 윤후도 앤드류가 할 얘기가 무엇인지 알지 못했다. 앤드류는 곧장 가방에서 태블릿 PC를 꺼내 윤후에게 건넸다.

"두 분과 얘기를 나눠야 합니다. 일단 론 씨가 찍어주신 사진에 대해서 얘기 좀 했으면 합니다. 일단 이것들 좀 보시죠."

론은 태블릿 PC에 있는 사진을 보고는 깜짝 놀랐다.

분명 자신이 윤후를 찍어준 사진이 맞는데 옆에 있는 사람은 처음 보는 사람이었다.

그리고 그런 사진이 한두 장이 아니라 스크롤을 내려도 끝없이 이어졌다.

론이 멍한 얼굴로 태블릿 PC를 보고 있자 앤드류가 먼저 말을 꺼냈다.

"그 사진들은 일본과 태국, 이 두 나라에서만 참여한 이벤트입니다."

"이렇게나 많이요?"

"많지 않습니다. 지금 보신 분들은 홈페이지에서 투표로 뽑힌 사람들입니다. 태국은 한국과 마찬가지로 100명, 일본은 그보다 많은 150명입니다. 그 안에 뽑히려고 얼마나 많은 사람들이 이벤트에 참여했는지 아십니까? 일본에서만 120만 건입니다. 중복된 숫자를 제외하더라도 어마어마하죠."

론은 알고 있었냐는 얼굴로 윤후를 봤고, 윤후도 이벤트를 한다고만 들었지 이렇게 크게 하는 줄은 생각도 못 했다.

그저 라온에서 한 팬미팅 정도로 생각한 윤후도 많이 놀랐다.

"그리고 무엇보다 MFB의 본사로 미국뿐만이 아니라 각기 다른 나라의 팬들이 이벤트를 요청하고 있습니다. 한국에서야 라온이 직접 이벤트를 했기에 문제가 되지 않았는데 일본에서는 문제점이 보이더군요. 참여하고 싶은데 합성을 할 줄 모르다 보니 그걸 이용해 돈을 받는 사람들도 생겼고, 참여하지 못하는 사람도 많았습니다. 그래서 저희가 직접 이벤트를 관리하기 위하여 포토샵 전문가들을 대거 영입하고 있습니다."

윤후는 라온을 칭찬하는 것 같은 말에 왠지 모르게 기분이 좋아졌다.

역시 김 대표라는 생각을 하며 앤드류의 말을 들었다.

앤드류는 찾아온 이유를 꺼냈다.

"그래서 후 씨에게 부탁드릴 게 있습니다. 론 씨가 찍어주신 사진처럼 몇 장 더 부탁드려도 되겠습니까?"

"흠, 알았어요."

윤후는 어려운 부탁도 아니었기에 곧바로 대답했다. 그러자 앤드류가 이번에는 론을 보며 물었다.

"그럼 론 씨가 저번과 같은 사진을 찍어주셨으면 합니다."

"제가요?"

"네, 다른 작가들도 준비하고 있으니까 편안하게 하시면 됩니다. 그저 자연스럽게만 나오면 됩니다."

론이 아직 사진에 대해 공부 중인 것을 앤드류도 알고 있었지만, 뮤직비디오 촬영 현장에서의 일을 알기에 론이 참여하길 원했다.

론의 사진이 뽑힐지는 알 수 없지만, 론이 있어야 윤후가 좀 더 자연스럽게 촬영할 것 같다는 생각이었다.

"해봐. 네가 찍어주는 게 난 좋아."

론을 응원하는 윤후의 말에 앤드류는 자신의 생각이 맞는다고 느꼈다. 그리고 론도 윤후의 말 덕분인지 앤드류를 보며 고개를 끄덕거렸다.

*   *   *

윤후는 촬영을 위해 이동하느라 차에 타고 있었다. 옆을 보자 풀이 죽은 얼굴을 하고 있는 론이 보였다.

마당에서 촬영하는 것이 아니라 공원의 야외 촬영을 비롯해 스튜디오까지 옮겨가며 촬영했다. 그리고 어느새 마지막 촬영을 앞두고 있었다.

"앤드류 씨한테 미안해서 어쩌지?"

"괜찮아. 내 표정이 이상해서 그래. 그리고 너 아직 다리도 불편하잖아."

"아니야. 아마 내가 너무 힘이 들어갔나 봐. 어우, 너무 힘줬나 봐."

사진이 제대로 나오지 않은 이유를 서로 자신의 탓이라고 말하자 둘 다 피식 웃었다.

다른 작가들도 어떻게 찍었는지 확인하진 못했지만, 론은 자신이 찍은 결과물이 전부 부족하게 느껴졌다.

자신이 찍은 사진을 보던 론은 윤후를 향해 힘없는 목소리로 말했다.

"아빠라면 잘 찍었겠지?"

"흠, 그렇겠지?"

자신이 아는 에릭은 말은 없었지만 사진에 대해서는 자신
감이 넘쳤으니까 그럴 것 같았다.

윤후는 에릭을 떠올리며 론에게 말했다.

"에릭 아저씨처럼 자신감을 가져. 이벤트 하는 사진도 네
가 찍은 거잖아. 나도 잘해볼게."

론은 그저 고개만 끄덕거렸고, 어느새 차는 마지막 촬영
장소에 도착했다.

"다녀올게."

스튜디오 촬영이므로 미리 준비를 해야 했다. 윤후의 응원
을 받은 론은 깁스를 한 채 세트장으로 향했다.

그 모습을 본 윤후는 론이 걱정됐는지 차에서 내렸다. 그
러고는 활짝 열려 있는 세트장 안의 론을 살폈다.

자신의 일에 열중하고 있는 론의 모습에 윤후는 뿌듯해지
는 기분이 들어 미소를 머금고 지켜봤다.

그리고 거의 준비가 끝났는지 트레일러 쪽에서 자신을 부
르는 소리가 들렸다.

"후, 의상 갈아입을게요! 따라오세요!"

한편, 세트장 안에 있던 론은 다른 작가들과 달리 직접 카
메라 앵글을 확인해 가며 윤후에게 어울릴 만한 콘셉트를
생각했다.

옆에 있는 작가들은 프로이기에 자신은 신경조차 쓰지 않는 모습이었다. 그래서 약간은 부끄러웠지만, 자신을 믿어주는 친구의 사진을 제대로 찍어주고 싶었다.

하지만 카메라 앵글을 보고 있으면 있을수록 자신이 없어졌다.

그때, 세트장 밖에서 윤후를 부르는 소리가 들려 고개를 돌리니 활짝 열려 있는 세트장 문에 어깨를 기대고 있는 윤후가 보였다.

론은 자신을 보러 왔을 거라 생각하고 기운을 차리려 하는데 문에 기대고 있던 윤후가 옆을 바라보는 모습이 눈에 들어왔다.

문밖에 주차된 차의 헤드라이트 빛 때문에 윤후의 모습이 상당히 멋있게 느껴졌다. 론은 들고 있던 카메라로 그 모습을 찍다 말고 카메라를 옮겼다.

그러고는 반대쪽 문에 자신이 기대고 있다고 생각하고는 구도를 잡아 셔터를 연속으로 눌러댔다.

"뭐 하십니까?"

옆에 있는 사람들의 질문에도 윤후가 움직이기 전까지 연속으로 셔터를 누르던 론은 윤후가 움직이고 나서야 사진을 확인했다.

"오, 이거 그림 좋은데요?"

"오, 정말… 이거 재밌는데?"

그제야 이곳저곳을 지휘하느라 바쁘던 앤드류도 론에게 다가와 사진을 확인하고는 론을 가만히 바라봤다.

*   *   *

며칠 뒤, 자신의 방에서 앤드류가 주고 간 파일을 보던 윤후는 입꼬리를 살짝 올리며 웃었다.

자신의 기사와 반응을 정리한 파일이었다.

그중 한국에서 나온 자신의 기사를 본 윤후는 옛 생각이 나는지 피식 웃었다.

〈Who, 과연 미국에서 통할까?〉

〈한국의 탑 가수 빌보드 점령을 꿈꾸다〉

전과 같았으면 제목이 자극적이었을 것이 분명했다.

아마도 빌보드는 무리라는 기사가 나왔을 테지만 상당히 순화해서 나온 기사였다.

물론 이번 주 빌보드에 자신의 이름이 오르긴 했다.

98위. 핫 100의 꼴찌나 다름없었지만 앤드류의 말로는 시작하지도 않았는데 빌보드에 오른 건 기적이나 다름없다고 말했다.

다른 음원 사이트에서는 천천히 순위가 계속 오르고 있기에 윤후도 내심 궁금하기는 했다. 그리고 자신의 기사를 읽던 윤후는 파일을 넘기다 잠시 멈추고는 한 파일을 가만히 들여다봤다.

며칠 전 이벤트를 위해 추가 촬영한 사진들이었고, 그날 촬영한 작가들의 사진이 보였다.

그 수많은 사진 중에서 제일 마음에 드는 사진을 찾고는 씨익 웃었다.

자신도 모르는 사이에 론이 찍어준 사진이었다.

*   *   *

론은 자신이 머무는 집과 똑같은 구조의 거실을 두리번거렸다.

그때, 앤드류가 거실에서 커피를 들고 걸어왔다.

"이곳으로 오시라고 해서 죄송합니다."

"괜찮아요. 그런데 무슨 일로……."

앤드류는 커피를 한 모금 마시고 윤후가 보던 파일과 똑같은 파일을 테이블에 올려놓았다.

"이번 이벤트에 사용할 사진들입니다. 총 20장입니다."

론은 이미 얘기를 들었기에 머쓱해하며 머리를 긁적였다.

커리어도 없는 자신이 저 많은 사진 중 한 장이라도 낄 수 있어서 감사할 따름이었다.

"이 스무 장의 사진 중 저희가 메인으로 사용할 사진은 두 장입니다."

"괜찮아요. 전 그냥 이런 경험을 해본 것만으로도 감사한 걸요."

앤드류는 겸손한 론의 모습에 기분 좋은 미소를 지으며 직접 파일을 펼쳤다.

"일단 한 장은 론 씨가 처음에 주신 그 사진입니다."

"아, 그것도 포함되었어요?"

"물론이죠. 사실 그 사진만 메인이었습니다. 하지만 회사에서 회의 결과 또 다른 사진 한 장을 도저히 버릴 수 없더군요. 바로 이 사진."

론은 사진을 보며 놀란 얼굴로 천천히 고개를 들었다. 그러고는 침을 꿀꺽 삼키며 입을 열었다.

"이것도요? 둘 다 제가 찍은 사진으로요?"

"네, 맞습니다. 후 씨를 담당하는 팀만이 아니라 회사의 디자인 팀부터 마케팅 팀까지 모두 같은 생각이었습니다. 전에 찍은 사진이 낮의 해맑은 후 씨라면 이 사진은 밤의 분위기 있는 후 씨였습니다. 감사드립니다."

"아니… 뭐… 우연히 찍은 건데요."

론은 겸손하게 말하고 있었지만, 지금 이 기분을 빨리 윤후에게 말해주고 싶었다.

기분 좋은 얼굴을 숨기지 못했고, 그 모습을 본 앤드류가 미소 지으며 입을 열었다.

"일단 이 사진은 론 씨의 이름으로 나가게 됩니다."

"제가요? 제가 무슨… 그건 아닌 거 같은데요. 전 사진작가도 아닌데……."

앤드류의 갑작스러운 말에 웃고 있던 론은 얼굴의 미소가 사라질 정도로 당황했지만, 앤드류는 여전히 미소를 지으며 말을 이었다.

"그래서 말인데, 저희 MFB에서 론 씨를 전속으로 계약했으면 합니다."

"네?"

"물론 지금 바로 작업하시는 건 아닙니다. 회사에서도 저희가 필요한 분야를 투자하는 시스템이 있습니다. 3년. 3년 간 저희가 론 씨에게 투자하려 합니다. 다음 달 내셔널지오 그래픽에서 새로 강좌가 열립니다. 만약 론 씨가 저희의 제안을 받아주시면 주거와 생활비, 그리고 작품 활동 및 학습에 들어가는 비용 일체를 저희가 지급하게 됩니다."

"자, 잠깐만요……."

론은 당황스러워 말까지 더듬었다.

그리고 이게 무슨 일인가 싶었지만, 너무 당황한 나머지 아무런 생각도 들지 않았다.

그저 멍하니 테이블에 놓인 자신이 찍은 사진만 들여다봤다.

그렇게 한참을 들여다보던 론은 문득 드는 생각이 있었다.

"혹시… 제가 윤후랑 친구여서… 그러시는 건가요?"

론의 말에 앤드류가 얼굴을 찡그렸다.

"MFB에 그런 일은 절대 없습니다."

그러고는 테이블에 놓인 파일을 손가락으로 찍었다.

"이 능력, 저희가 보기에는 론 씨에게 충분한 투자 가치가 있다고 판단했습니다. 지금 대답하시기 어려우면 천천히 생각해 보고 답해주시죠. 그리고 시기상으로 보면 후 씨도 앨범 작업하느라 바빠지실 겁니다."

"아……."

사실 론은 근래 들어서 독학으로는 부족하다는 것이 느껴졌다.

다리가 나으면 로버트가 사진 기술을 가르쳐 준다고는 했지만, 언제까지 로버트에게 폐를 끼칠 순 없었다.

그리고 무엇보다 정식으로 배워보고 싶은 마음이 더 컸기에 론은 자신에게 이런 기회를 안겨다 준 윤후가 떠올랐다.

그러고는 벽으로 가려져 보이지 않건만 윤후가 있는 집을 바라보며 미소 지었다.

"고마워. 정말 고마워."

Chapter 4
반응이 오다

뉴욕에 있던 콜린은 마케팅 팀 사무실을 방문했다.

윤후의 팀만으로는 한계가 있었기에 마케팅 팀에서 돕기로 했고, 진행하던 업무가 있던 직원들을 제외하고는 전부 투입되었다.

그럼에도 마치 도서관이라도 되는 듯 아무런 말도 들리지 않았다.

키보드 두드리는 소리가 적막함을 채우고 있었고, 직원들은 전부 모니터에 얼굴을 파묻고 있었다.

콜린은 방해하지 않기 위해 조심스럽게 직원들의 모니터

를 둘러봤다.

모두가 하는 일이 비슷했다.

그저 회사에서 계약한 포토그래퍼에게 이벤트에 참여한 사진을 보내주고 또다시 받아 그 사진을 MFB에서 관리하는 이벤트 홈페이지에 올려놓는 일이었다.

서성이며 직원들을 지켜보던 콜린에게 직원들의 대화 소리가 들려왔다.

"우리 이거… 며칠이나 더 해야 돼?"

"마감이 3일 뒤니까 그때까지는 해야 하겠지?"

"아, 이걸 3일이나 더 해야 하다니… 정신병 걸릴 거 같아. 왜 이렇게 많이 보내는 거야?"

"유행 타니까 그렇지. 지금 후 사진 말고도 여기저기에 합성 사진 많이 올라오잖아."

"그냥 대충 웹으로 만든 다음 자기들이 알아서 만들라고 하면 편하잖아."

"어제 회의에서 못 들었어? 보스가 직접 지시했다잖아. 퀄리티!"

콜린은 어깨를 으쓱하며 뒤돌아섰다. 직원들의 말 그대로였다. 윤후의 이벤트로 시작됐지만, 합성에 재미를 들였는지 각종 커뮤니티에서 연예인 옆에 자신을 합성시킨 사진이 심심찮게 올라오고는 했다.

아직 소수이기는 하지만 조짐이 보였다.

그리고 그때 콜린의 전화가 울렸고, 그제야 직원들은 콜린이 와 있다는 것을 확인했다.

콜린은 자연스럽게 손을 흔들어 인사를 하고 전화를 받으며 사무실을 나섰다.

―보스, 해외업무 팀에서 보고드릴 게 있다고 합니다.

콜린은 금방 올라간다고 말하고는 곧장 자신의 사무실로 향했다. 사무실에 도착하니 앉지도 않고 서성거리고 있는 사람이 보였다.

해외업무 팀을 맡고 있는 직원이었고, 그는 자신을 보자마자 대뜸 서류부터 내밀었다.

"저… 후 이벤트 때문에 좀 급합니다. 대만에서 계약한 포토그래퍼가 부족합니다."

"그래? 충분하게 계약했다고 한 걸로 기억하는데."

"그때는 그랬는데… 지금 중국의 팬들이 대만 이벤트로 몰리고 있습니다. 중국, 일본, 한국에서 이벤트가 먼저 종료되다 보니 중국인들이 대거 대만으로 몰렸습니다. 홈페이지는 확장했기에 괜찮지만… 문제는 참여하는 사람 수가 너무 많습니다. 그러다 보니 계약한 포토그래퍼도 더 이상은 못 하겠다며 투덜대고 있습니다."

중국에서 이벤트를 진행할 때는 오히려 참여하는 숫자가

생각보다 적었다.

시기가 너무 이른 탓이었는지 이벤트에 대한 인기가 슬슬 오르는 중간에 이벤트가 끝나 버렸다.

그러다 보니 사이가 좋지 않은 걸로 유명한 나라임에도 불구하고 중국인들이 대만의 이벤트로 쏠리고 있었다.

콜린은 가슴이 두근거렸다. 세계적인 가수가 되는 것은 시간문제라는 생각이 들었다.

"그럼 충분히 계약해. 대만도 3일 남았나?"

"네, 3일이라고 해도… 이벤트 종료만 3일이지 그 뒤로도 기간이 꽤 걸릴 거 같습니다."

"그래, 그럼 최대한 빨리 끝낼 수 있게 계약할 수 있는 포토그래퍼 전부 계약해."

*　　　　*　　　　*

며칠 뒤, 론이 말한 대로 저번 주에 나온 빌보드에 윤후의 이름이 올랐다.

이벤트를 시작할 당시였기에 빌보드 핫 100에 91위였다.

만족할 만한 순위는 아니라서인지 윤후는 순위에 별로 관심이 없어 보였다.

"내일 빌보드에는 순위가 엄청 올랐을걸. 지금 라디오에서도 'Lon' 은근히 많이 나와. 그리고 Y튜브 조회 수 봐. 이거 저번 주보다 몇 배는 뛴 거 같은데?"

론은 확신에 찬 얼굴로 윤후를 위로했다. 하지만 윤후의 관심은 그것이 아니었다.

"론, 퀸스에 머문다고 했지?"

"응? 아, 강의? 앤드류 씨가 그렇다고 했어."

"가본 적 있어?"

"안 가봤지. LA 밖으로 나간 적이 없는데."

윤후는 이해하고 고개를 끄덕였다. 그러고는 휴대폰으로 무언가를 계속 검색하자 론이 옆으로 다가와 앉았다.

"회사에서 전부 다 해준다고 했어. 오피스텔도 있고. 난 그냥 열심히 배우면 되니까 걱정하지 마."

론이 사진을 공부하기 위해 떠난다는 말을 들었을 때에도 서운함보다는 잘되었다는 기쁨이 더 컸다.

아직 시간이 남아 있었지만 윤후는 론에게 자신이 해줄 수 있는 것을 찾고 있었다.

론도 그런 윤후의 마음을 알기에 수차례 필요한 것이 없다고 말했지만, 윤후에게는 소용없었다.

"그럼 빌보드 1위 해줘!"

"응?"

"그럼 나중에 내가 네 앨범 사진 찍어줄 때 1위 가수랑 작업하는 거 아니야. 안 그래? 그럼 돈도 많이 벌고 내 커리어도 쌓이고 그럴 거 같은데? 크크. 그런데 네가 1위 하는 거보다 사진 배우는 게 오래 걸릴지도 모르겠다. 흐흐."

론은 장난스럽게 말했지만, 그 말을 들은 윤후는 그것이야말로 자신이 론에게 해줄 수 있는 최고가 아닐까 하는 생각이 들었다.

*　　　　　*　　　　　*

다음 날 아침 일찍 일어난 윤후는 물을 마시기 위해 거실로 내려갔다.

그런데 자고 있을 거라 생각한 론의 방문이 열려 있는 것이 보였다.

안을 살펴보니 방 안에 론이 없었다.

1층 거실에 있을 거라고 생각하고 계단을 내려갔지만, 론은 보이지 않았다.

윤후는 고개를 갸웃거렸다.

다시 방으로 올라온 윤후는 휴대폰을 들었다.

목요일인 오늘이 바로 새롭게 빌보드가 갱신되는 날이었기 때문이다.

그래서 휴대폰으로 빌보드 사이트를 접속하려 할 때, 옆집 루아 방 창문으로부터 익숙한 목소리가 들려왔다.

"야! 오윤후! 오윤후!"

목이 터져라 부르는 목소리에 윤후가 창문을 여니 제이가 미친 듯이 손을 흔들고 있었다.

윤후가 가볍게 손을 흔들자 제이의 옆으로 루아와 이종락이 비집고 들어와 다 같이 손을 흔들었다.

그 모습에 윤후는 머리를 긁적였고, 곧 제이의 목소리가 들렸다.

"야! 윤후야! 축하해! 지금 한국에서 기사, 난리도 아니래!"

윤후는 한국에서 무슨 일이 있나 하는 생각이 들었다.

물어보려 할 때, 제이를 구박하며 손을 흔드는 이종락이 보였다.

윤후는 피식 웃고는 다시 휴대폰을 들어 제이가 말한 한국의 기사를 찾아보려 접속했고, 곧 그 이유를 알 수 있었다.

〈세계로 뻗어 나간 후. 빌보드 2주 만에 10위권 진입〉

〈K-POP의 위상을 또다시 확인하다. 후, 3월 둘째 주 빌보드 9위〉

〈빌보드 정상을 노리다. 과연?〉

각종 포털 사이트의 메인부터 온통 자신의 이름으로 도배되어 있었다.

포털 사이트 연예 면 한 페이지가 전부 자신의 얘기였기에 윤후는 머리를 긁적이며 직접 확인하려고 빌보드에 접속했나.

March 17, 2018.
9. Lon — Who.

날짜를 확인한 윤후는 고개를 갸웃거렸다.

살펴보다가 차트가 갱신되는 17일까지는 순위 변동이 없음을 알았다.

하지만 한국에서 1위만 해서인지 생각보다 덤덤했다. 그리고 그 덤덤함을 깨우쳐 주는 정훈의 전화가 울렸다.

―아들, 무슨 짓을 하고 다니는 거야? 하하하!

"네?"

―지금 아빠 공방에 기자들이 잔뜩 와 있어서 오 사장네 가게 와 있거든!

옆 가게에 피신해 있다고 하면서도 정훈의 목소리는 날아갈 것만 같았다.

―아들, 축하해! 9위라며? 지금 한국, 난리도 아니야! 1위

할지 못 할지 내기도 하더라! 하하! 다음 주에 아빠도 가는 거 알지? 그때까지 건강하게 있어!

정훈은 기분이 좋아서인지, 옆 가게 지인에게 자랑하려고 그러는 건지 무척이나 큰 소리로 안부까지 전하고 나서야 전화를 끊었다.

그리고 곧바로 메일이 왔다는 메시지가 도착했다. 메일을 확인해 보니 라온에서 보낸 것이었다.

내용 대신 동영상으로 된 첨부 파일이 있었기에 윤후는 다운을 받으려다 좀 더 크게 보고 싶다는 생각에 컴퓨터가 있는 작업실로 향했다.

그리고 작업실에서 방에 없던 론을 발견했다.

"론, 여기서 뭐 해?"

"응? 응!"

론은 윤후를 보고 깜짝 놀라며 손가락으로 모니터를 가리켰다.

"윤후야, 너 1위야……."

"응? 내가 봤을 때는 9위던데."

"어, 핫 100에서는 9위, 빌보드 9위, 월드 디지털 송 차트에서 1위야. 최단 기간."

"그래? 컴퓨터 다 썼어?"

갱신된 걸 확인하려 윤후보다 빨리 일어난 론이었다. 그리고 순위를 확인한 론은 너무 놀란 나머지 지금까지 멍한 상태였다.

세부 장르이긴 하지만 한 차트의 꼭대기에 윤후의 이름이 있었다.

그것도 자신의 이름으로 만든 곡이.

윤후는 아직도 멍한 얼굴로 자리를 비켜주는 론을 보고는 피식 웃으며 론이 보고 있던 화면을 봤다.

"네 사진 보고 있었어?"

윤후는 화면에 자신의 앨범 사진이 떡하니 걸려 있는 모습에 미소를 지으며 론에게 물었고, 론은 고개를 저었다.

"그거 첫 페이지에 나오는 메인 헤드라인 기사야. 내 얘기도 있더라."

윤후는 기사를 클릭했다.

그러자 상당히 긴 글이 나왔고, 자신에 대해 소개하고 있었다. 특히 상당히 독특한 이벤트를 주의 깊게 다뤘고, 이것이 미국의 엔터 사업과는 다른 한국의 엔터 사업에서 나온 결과물이란 점을 소개했다.

그리고 이어진 내용에서는 앤드류가 제공했을 거라고 생각이 들 만한 내용이었다.

친구 론에 대한 얘기와 그 친구가 찍어준 사진이라며 소개했다. 또한 우정을 표현한 곡임을 강조하고 있었다.

"정말… 이러다가 핫 100까지 1위하는 거 아니야?"

"해야지. 그래야 네 커리어가 쌓인다며."

"아니… 그냥 한 말인데… 난 지금도 심장이 두근거린다."

윤후는 목소리까지 떨리는 론의 모습에 미소를 짓고는 빌보드 창을 닫았다.

"기사 더 확인 안 해?"

"응, 먼저 확인할 게 있어서. 너도 같이 보자."

윤후는 메일로 들어가서 라온에서 보내온 동영상을 다운받았다. 그리고 기사를 볼 때보다 더 밝은 얼굴로 영상을 재생시켰다.

"이 사람들 누군데?"

"식구."

"가족이야?"

"그런 건 아니고 그냥… 가족 같은 사람들이야."

론은 고개를 끄덕거리고 화면을 봤다. 옥상 같은 곳에 열댓 명이 모여 있었고, 영상이 시작되자마자 노래가 들려왔다.

─축하합니다! 축하합니다! 오윤후의 9위를 축하합니다!

노래가 끝나자 한 명씩 각자 윤후에게 메시지를 보냈다.

—후 님, 보고 싶어요! 저도 MFB에 취직하게 해주세요!

—야, 진주가 요새 정신 놔서 그래. 그냥 웃어넘겨.

—저 진짜 MFB 갈 거거든요!

—야, 가긴 어딜 가! 웃긴 애야, 아주! 너 가면 덥덥이들은 누가 관리해?

김 대표와 다투는 모습에 윤후는 재밌는지 자신도 모르게 실실 웃었다. 그러자 론이 고개를 갸웃거렸다.

"이 사람들 싸우는 거야?"

"응? 아니야. 그냥 원래 이래. 친해서 그래."

론은 이해를 못 했는지 고개를 갸웃거렸다. 그리고 화면에는 오랜만에 최 팀장도 보였다.

—윤후, 축하한다. 미국 가더니 많이 변했던데? 잘 웃더라. 앞으로도 잘 웃길 바란다.

웃고 다니라는 건지 웃어서 서운하다는 건지 헷갈리는 얼굴 때문에 윤후는 또다시 미소를 지었다.

그리고 거의 모든 직원의 말이 끝났지만 기다리던 대식의 모습이 보이지 않았다. 그리고 보니 회사에 전화할 때도 자리에 없다고만 했기에 지금도 바쁜가 보다 생각했지만, 항상 붙어 다니던 대식이 없자 살짝 서운한 마음도 들었다.

그래도 오랜만에 보는 라온 식구들의 모습이 반가운 윤후는 미소를 지으며 화면을 닫았다.

혼자 순위를 확인할 때는 덤덤했는데 아빠와 라온 식구들의 축하를 받으니 그제야 대단한 일을 한 것 같았다.

＊　　　　＊　　　　＊

이른 아침이었지만, 집 근처의 사무실에 나와 있던 앤드류는 콜린에게 보고 중이었다.

"지금 저희가 판단할 때는 다운로드와 스트리밍이 방송 점수에 비해 낮다는 판단입니다. 하지만 방송 점수가 높다는 건 사람들에게 그만큼 노출되고 있다는 것이니 다음 주에는 5위 안으로 가능하리라 봅니다."

─그래, 수고했어. 이벤트도 마무리 잘 하고.

앤드류조차 이렇게 반응이 빨리 올라올 거라 생각지 못했다. 지금 진행하는 이벤트도 잘되고 있긴 했지만, 그 팬들이 유입되어서 만들어진 결과가 아니었다.

그 팬들은 다음 주나 반영될 것이다.

그래서 앞으로도 계속 순위가 올라갈 것이 확실했기에 앤드류는 벌써부터 다음 주가 기다려졌다. 그러한 생각에 노트북을 보며 미소 지었다.

아이튠즈 2위 Lon—Who.

하지만 그것을 감상하고 있기에는 시간이 너무 부족했다.

이벤트가 잘 마무리되었지만, 이벤트를 진행하는 각 나라에서 웃기지도 않는 일이 발생했다. 그 일을 처리해야 했다.

"대만 쪽 루머는 바로 처리했습니다."

"기사들 다 내렸고, 정정 보도 냈어?"

"당사자인 비비안 씨의 매니지먼트에 직접 말했더니 곧바로 해명했습니다."

"그래, 수고했어."

"그 비비안 때문에 이벤트를 모르던 사람들이 이벤트에 관심을 갖기 시작했습니다. 그런데 마지막 날인 오늘 사이트가 마비되었다고 그러는데 어떡할까요?"

"그럼 사과 공문 띄우고 하루 더 연기해."

대만의 유명 가수가 이벤트에 참여했다. 앤드류조차 참 웃기지도 않는 이 상황에 뭐라고 해야 할지 생각이 들지 않았다.

그 이벤트에 참여한 사진을 자신의 SNS에 올렸고, 그러다 보니 기사가 퍼져 나간 것이다.

대만에서만 이런 일이 일어난 것이 아니었다. 각 나라별로 루머가 퍼지며 윤후가 본의 아니게 노이즈 마케팅으로 이름을 알리고 있었다.

그리고 무엇보다 그쪽에서 적극적으로 해명했고, 해명을 하다 보니 사진이 윤후의 이벤트라는 것을 알리고 있었다.

앤드류는 이 상황이 웃기기만 했다.

자신들도 홍보에 힘을 쓰고 있지만 자신들의 홍보보다 우연하게 일어난 일로 얻는 이득이 넣 배는 너 컸나.

어이가 없다는 얼굴로 팀원들이 각 나라별로 루머 기사가 난 연예인들의 사진을 쳐다봤다.

그리고 차가운 앤드류의 얼굴에 실없는 웃음이 나왔다. 한국에서 난 기사에 낯익은 얼굴이 보였다.

"옆집에 살면서 이벤트에는 뭐 하러 참가하는 거야? 이상한 사람이야."

*   *   *

며칠 뒤 윤후는 은주, 론과 함께 거실에 앉아 있었는데 집 밖에서 소란스러운 소리가 들려왔다. 옆에 있던 은주도 들었는지 창을 통해 밖을 살폈다.

"앤드류인데?"

윤후는 앤드류가 밖에서 전화를 하는 줄 알았다. 그런데 밖을 살피던 은주가 고개를 갸웃거렸다.

"어머, 무슨 일 있나? 밖에 경호원 같은 사람들 엄청 많아."

"그래요? 무슨 일이지?"

윤후가 자리에서 일어서 현관문을 당겼는데 밖에서 잡고 있는지 문이 열리지 않았다. 그에 문에 대고 큰 소리로 말했다.

"무슨 일 있어요?"

"금방 들어가서 말씀드리겠습니다."

앤드류의 대답에 소파에 앉아 기다렸고, 잠시 뒤 앤드류가 들어왔다.

그것도 문을 조금만 열고 들어왔고, 그마저도 가리려는지 은주가 말한 경호원들이 죽 나열해 있었다.

집으로 들어온 앤드류는 곧장 창의 블라인드부터 내리고 소파에 앉더니 이번 주 새로 발매된 빌보드지를 테이블 위에 올려놓았다.

윤후를 비롯해 은주와 론의 시선이 잡지로 쏠렸다.

"어머! 이거 윤후 아니야? 한국에서 공연한 사진인가?"

은주의 말대로 한국에서 몇 달 전 팬미팅할 때의 사진이었다.

윤후는 사진을 보고도 놀랍지 않은지 고개를 끄덕거렸고, 론은 아무 말도 하지 못하고 잡지와 윤후를 번갈아 보며 침을 꿀꺽 삼키더니 앤드류에게 물었다.

"이거… 메인인데… 엄청 인기 있는 사람만… 실리는 거 아닌가요?"

"맞습니다."

"윤후 지금… 9위잖아요?"

"지금은 그렇죠. 내일모레 차트 갱신되면 제일 꼭대기에 있을 것 같습니다."

은주는 자신의 일이라도 되는 듯 박수를 치며 축하해 주었고, 론은 정신이 나간 얼굴로 잡지를 펼쳤다.

또다시 자신이 찍은 사진이 대문짝만 하게 실려 있었고, 그 바로 옆에 쓰여 있는 문구를 읊조리듯 조용히 읽었다.

"Star of stars… Who. Who are you?"

윤후는 자신을 평가한 것에 약간 놀랐는지 론의 어깨너머로 얼굴을 내밀었다.

그러고는 같이 기사를 확인했고, 론은 자신과 바로 옆에 있는 윤후의 기사가 신기한지 멍한 얼굴이 풀리지 않았다.

잡지에 몇 페이지나 실린 꽤 긴 글을 다 읽은 윤후는 그제야 앤드류를 봤다.

"그래서 경호원분들 더 붙이신 거예요?"

"맞습니다."

"그러실 필요 없는데. 밖에 안 나가잖아요."

앤드류는 그 말도 맞다는 듯 고개를 끄덕였지만, 이내 아니라는 듯 고개를 저으며 말했다.

"지금 파파라치들이 붙었습니다. 저희 예상보다 빠르긴 하지만, 이미 그쪽에서도 돈이 된다고 판단했겠지요."

"기자들이에요?"

"기자들은 저렇게 막무가내로 붙지 않습니다. MFB를 무시하지 않는다면 말이죠. 저 사람들은 그저 이슈가 될 후 씨의 사진을 찍어 돈을 벌 목적뿐입니다."

앤드류는 잠시 뜸을 들이고 말을 이었다.

"지금 이 집이 노출되었습니다. 팬들이 후 씨에게 관심을 가지게 된 것이 얼마 되진 않았지만, 일부 과한 팬들이 수소문해서 알아버렸습니다. 중국에서 제일 처음 퍼져 나가서 저희가 막고 있긴 하지만, 아무래도 인터넷이다 보니 다 막을 수 없었습니다. 죄송합니다."

"어떻게 알았어요?"

"처음 사진 말고 그 뒤에 찍은 사진이 전부 LA라는 것을 확인하고 검색 사이트 파이언의 로드뷰로 처음 사진에 나온 집을 찾은 것 같습니다."

앤드류는 중국인이 올렸다는 SNS의 화면을 캡처한 사진을 보여주었다.

그 사진을 본 윤후는 자신도 모르게 감탄사를 뱉었다. 지금 살고 있는 집이었다.

싫은 느낌보다는 오히려 놀랍기만 했다. 어떻게 검색 사이트에 올라온 로드뷰를 통해, 그것도 사진 한 장으로 집을 찾아낼 수 있는지 신기했다.

"그래서 죄송하지만 거처를 뉴욕으로 옮기는 게 좋겠습니다. 뉴욕의 이피트는 후 씨를 더 안전하게 경효할 수 있는 시스템이 되어 있지만, 이곳은 보시다시피 마음만 먹으면 들어오는 건 일도 아닙니다."

윤후는 고개를 끄덕이고는 은주를 보며 물었다.

"같이 가실 거죠?"

"그럼. 아줌마도 월급 받는걸. 윤후 1등하면 월급도 오르겠네? 호호호!"

윤후도 미소를 짓고 이번엔 론에게 물었다.

"론 너는?"

"나도 가도 돼?"

론의 질문에 윤후는 앤드류를 봤다. 그러자 앤드류가 당연하다는 듯 가볍게 고개를 끄덕였다.

"맨해튼과 퀸스는 가까우니까 가기 전까지 같이 계시는

것도 괜찮습니다."

"그럼 같이… 갈게요."

윤후와 론은 서로를 보며 미소 지었다. 그러자 앤드류가 곧바로 말을 이었다.

"지금 바로 가시는 편이 좋을 것 같습니다. 그리고 도착하시면 바로 인터뷰를 잡아도 괜찮겠습니까? 빌보드지와 인터뷰하는 것이 좋을 거라고 생각합니다. 고작 10분 정도이니 너무 부담 갖지 않으셔도 됩니다. 괜찮으시겠습니까?"

짤막한 인터뷰이기에 쉽게 수긍한 윤후였고, 앤드류는 대답을 듣자 곧바로 자리에서 일어났다.

"그럼 두 시간 뒤 출발할 수 있도록 준비하겠습니다. 그리고 이곳에 있는 짐은 제가 정리할 테니 따로 챙기시지 않아도 됩니다."

"작업실 공사도 하셨는데……."

"괜찮습니다. 그럼 전 준비하겠습니다."

앤드류는 다시 집 밖으로 나갔고, 윤후는 준비할 것이 없었기에 소파에 앉아 앤드류가 놓고 간 잡지를 살폈다.

한참을 보던 윤후는 잊어버린 게 있다는 듯 자리에서 일어나 현관문을 열었다.

하지만 경호원들의 제지로 다시 소파에 앉았다. 그러고는 휴대폰을 꺼냈다.

—어! 야, 무슨 일이야? 안 그래도 전화하려고 했는데. 너희 집 앞에 경호원들 왜 그렇게 많아?

아직 모르고 있는 듯한 제이의 말에 윤후는 피식 웃었다.

"저 뉴욕에 가야 해요."

—뉴욕? 벌써? 두 달은 있을 거라고 했잖아. 내 곡도 들어주지.

"그렇게 됐어요."

—언제 가는데? 기다려 봐. 내가 지금 갈게.

그리고 곧바로 전화가 끊기더니 잠시 후 다시 전화가 걸려왔다. 제이가 숨을 헐떡이는 목소리로 입을 열었다.

—무슨 일이야? 나 너희 집 앞에 갔는데 사방에서 사람들이 나와서 막 사진 찍고 난리 났는데? 너 무슨 사고 쳤어?

"파파라치래요."

—파파라치? 그거 유명 연예인한테만 붙는 거 아니야? 아, 하긴… 9등이면 유명하지. 뉴욕에는 언제 가?

"이제 곧 갈 거 같아요."

—아, 뭐야? 인사도 제대로 못 하고. 루아도 지금 녹음하러 갔는데.

제이는 한참 동안 아쉽다는 얘기를 했고, 윤후는 미안한 마음에 가만히 듣고만 있었다.

—에이, 그래도 뭐 같은 미국에 있으니까. 드럼 필요하면

언제든지 연락해. 네 덕에 뉴욕 구경도 좀 하고 그러게.

윤후는 루아에게 전화하려다가 작업에 방해될까 봐 아쉬워하는 제이에게 전해달라고 부탁하고는 전화를 끊었다.

*　　　　　*　　　　　*

비밀 작전이라도 펼치듯 조심스럽게 뉴욕공항에 도착한 윤후는 곧장 인터뷰 장소인 MFB 스튜디오로 향했다.

처음 미국에 왔을 때는 그나마 환영 인파가 몇몇 보였는데 지금은 아예 보이지도 않았기에 정말 인기가 있는 것인지 실감이 나지 않았다.

론도 마찬가지였는지 차에서 연신 공항을 돌아봤다. 그러자 앞좌석의 앤드류가 눈치채고 설명했다.

"비밀로 부쳐서 그럽니다. 아시겠지만 환영 인파가 몰리면 경찰이 출동합니다. 혹시 일어날 테러 위험 때문에 저희는 그럼 공항에서 발이 묶여 있을 수밖에 없습니다."

그제야 윤후와 론은 고개를 끄덕였다. 그래도 여전히 의아한 얼굴을 하자, 앤드류가 웃으며 기사에게 뭐라고 속삭였다.

그리고 잠시 뒤 맨해튼으로 들어설 때, 창문이 살짝 내려갔다.

운전석에서 실수로 내린 거라고 생각하고 말하려 할 때, 시내 창밖으로 익숙한 노래가 들려왔다.

론, 론, 론, 론, 로온. 변하지 않길. 지금 우리 모습. 지금처럼 즐겁게

한국에서 보던 풍경을 미국에서 보게 되니 친근하면서도 새로웠다.

미소를 지으며 창밖을 봤고, 수많은 가게를 지나쳐 샀음에도 자신의 노래를 반복 재생시켜 놓은 것처럼 끊임없이 들려왔다. 그러자 앤드류가 고개를 돌려 말했다.

"라디오와 음원에서 반응이 좋습니다."

"좋다고요? 이건 말도 안 되는 거 아니에요?"

론은 무척이나 놀란 얼굴로 창에 매달리며 밖을 살폈다.

저 수많은 가게에서 똑같이 라디오를 틀어놓은 것은 아닐 것이다. 그렇다면 각기 다른 라디오에서 윤후의 노래가 나오고 있다는 말이다.

빌보드 집계에서 라디오 청취율이 큰 점수를 차지하고 있기에 지금 보는 모습만 보더라도 앤드류가 말한 1위 자리는 윤후일 거란 생각이 들었다.

그리고 차가 스튜디오에 거의 도착할 때였다.

"거의 다 왔네."

차가 멈추지 않고 스튜디오를 지나쳤다. 윤후는 고개를 갸웃거렸고, 여전히 밖을 보고 있던 론이 조용히 창문을 내렸다.

"히, 저게 뭐야?"

그에 윤후도 론이 보고 있는 시선을 따라갔다. 그리고 밖에 보이는 풍경에 눈을 껌뻑거렸다.

[Lon]

뉴욕 타임스퀘어 광고 전광판에 론이 찍어준 자신의 사진이 걸려 있었다.

멍하니 전광판을 볼 때 앤드류가 설명했다.

"전광판 중에 가장 큰 위치입니다. 죄송합니다만 이건 저희 회사에서 한 것이 아닙니다."

"그럼요?"

"한국 팬, 그러니까 한국 'W. I. W.'에서 한 달간 계약했더군요. 지금은 사진이지만 하루에 24번 'Lon'의 뮤직비디오가 나옵니다."

"아, 비싸지 않나요?"

"한 달 정도 광고 거는 데 30만 달러가 듭니다."

론은 어이가 없는지 헛웃음을 뱉었고, 윤후도 내심 고맙기는 했지만 너무 큰 비용에 미안하면서 부담되었다. 앞으로 그러지 말라고 해야겠다고 생각할 때 앤드류가 미소를 지으며 말했다.

"후 씨가 최고이길 바라는 마음에서 한 행동입니다. 부담 스러워하시는 것보다 음악으로 보답하시는 게 좋을 것 같습니다."

윤후가 고개를 끄덕이자 앤드류가 미소를 지었다.

"도착했습니다. 인터뷰 가시죠."

                    *   *   *

며칠 뒤, 한국에 신드롬이 일었다.

〈대한민국이 Who로 인해 몸살을 앓다〉

〈작은 나라 큰 뮤지션〉

〈Who, 최단 기간에 빌보드 점령. 과연 그 기세는 어디까지 이어질 것인가?〉

한국에서 그 누구도 점령하지 못한 빌보드를 점령한 가수가 나타났다.

인터넷은 물론이고 지상파 뉴스에까지 윤후가 빌보드를 점령했다고 알렸다. 지금 한국에선 윤후에 대한 얘기 말고는 다른 기사가 없나 싶을 정도로 기사가 쏟아졌다.

방송국 프로그램은 윤후와 조금만 관련이 있어도 그 사람을 섭외할 정도로 사람들의 관심이 쏟아졌다.

최대 수혜자는 KBC였다. 윤후가 출연한 예능이라고는 '두 밤'뿐이었다.

윤후가 나온 장면만 편집해 특집 방송을 만들 정도였다. 그리고 그 덕에 해외에 있는 윤후의 팬들에게도 KBC를 알리게 되었다.

하지만 윤후가 있던 라온은 지금 웃지도 울지도 못 하는 상황이 되어버렸다.

얼마 전 윤후에게 축하 영상을 찍을 때와 다르게 모두가 초췌한 얼굴이었다.

특히 이종락보다 더 심한 다크서클이 생긴 김진주는 모니터를 보며 꾸벅꾸벅 졸기도 했다.

"야, 휴게실 가서 좀 자고 와."

김 대표의 말에 잠을 깨려 고개를 흔드는 김진주였다. 이내 다시 모니터를 보며 새로 고침을 누르고 덤덤하게 말했다.

"어떻게 해야 덥덥이가 될 수 있는지 묻는 글들이니까 안

보서도 돼요."

김 대표도 지친 얼굴로 고개를 저었다. 빌보드지에서 한
인터뷰를 공개했다. 그리고 짧은 영상에서 윤후가 활짝 웃
는 얼굴을 보고 놀란 직원들이었다.

다들 이종락에게 윤후가 변했다고 전해 들었지만, 변해도
조금 변했을 거라고 생각했는데 전혀 다른 사람처럼 웃고 있
었다.

그리고 그 웃는 얼굴로 손까지 흔들며 덥덥이들에게 인사
했다.

─덥덥이들 안녕? 선물 고마워요. 그리고 기다리고 있어요.
약속 지킬 테니까.

그로 인해 팬카페가 수차례나 터졌고, 다시 복구해도 얼
마 못 가 또 터졌다.

해외 각국에서 사람들이 몰리고 있었다.

한국의 팬카페만 관리하려고 했건만, 자기들 나라의 팬카
페가 아닌 한국의 'W. I. W.'에까지 와서 왜 이러는지 화가
날 정도였다.

게다가 윤후가 머물던 방에 새롭게 머무는 손님 때문에
회사 앞에는 기자들이 진을 치고 있었다.

윤후에 대한 의리로 결정한 일이었지만, 라온의 직원들은 회사 밖으로만 나가도 기자들이 붙었다.

그때 두식이 사무실로 들어왔고, 김 대표는 잘되었다는 듯 두식에게 물었다.

"아버님은 뭐 하셔?"

"지금 드라마 보고 계셔유. 신정은 광팬인 거 같은디유?"

"그, 그래. 인터뷰는 안 하신다고 그러지?"

"그러쥬. 그건 윤후랑 똑같더라구유. 윤후가 일 등이지 자기가 일 등이냐구."

"그래……."

공방에 찾아오는 몇 안 되는 기자들이 수십으로 불어나 버렸고, 결국 정훈은 김 대표에게 도움을 청했다.

김 대표는 정훈을 휴게실에서 머물게 하고 있었다. 그래도 정훈을 찾는 기자들은 내일이면 사라질 테니 안도의 한숨을 내쉬었다.

*   *   *

뉴욕의 집에서 정훈을 기다리던 윤후는 한국 기사를 보며 머리를 긁적였다. 자신의 얘기가 다 보지도 못할 정도로 많았다. 하지만 지금 보고 있는 기사는 자신의 기사이기도 하면서 정훈의 기사이기도 했다.

〈지금 만나러 갑니다〉

출국하는 정훈의 사진이었다. 통화하며 뉴욕으로 출발한
다는 말은 들었지만, 기사 속 정훈의 모습은 신기하기만 했
다.

마치 정훈을 윤후라고 착각한 듯 공항에 수많은 인파가 보
였다. 론이 고개를 갸웃거렸다.

"너희 아빠 가구 만드신다고 안 그랬어? 유명하신 분이
야?"

윤후는 대답하지 못하고 머리만 긁적였다. 집에만 있었기
에 전혀 알 수 없었는데 정훈마저 사람들에게 관심을 받는
사진을 보자 그제야 차츰 실감이 나기 시작했다.

'내가… 이렇게 많은 관심을 받는데 돌아다니면서 딘을 찾
을 수 있을까?'

다른 영혼들과 달리 아무런 흔적도 없는 딘이었기에 지금
이 상황이 좋지만은 않았다.

Chapter 5
생일 파티

앤드류와 함께 뉴욕의 아파트에 들어선 정훈은 현관부터 보이는 풍경에 눈이 휘둥그레졌다.

앞에 윤후가 웃는 얼굴로 서 있건만, 오면서 본 것들과 지금 윤후가 누리고 있는 것들이 현실 같지가 않았다.

"아빠?"

"어, 그래. 집이 엄청 좋네."

"앤드류 씨가 준비해 주신 거예요."

정훈은 아파트라고 해서 한국의 아파트를 떠올리고 왔건만, 거실만 해도 자신의 집보다 더 큰 모습에 심장이 두근거렸다. 게다가 뉴욕 한복판에 윤후의 사진이 걸려 있는 것을 봤을 땐 기절할 뻔했다.

한국에서야 워낙 인기가 많아서 익숙해졌지만, 말로만 듣던 미국에서 윤후의 인기가 이 정도라고는 생각지도 못했다.

지금도 이 상황이 쉽게 믿어지지 않았다.

윤후는 집을 둘러보며 혀를 내두르는 정훈의 모습에 웃음이 나왔다.

윤후는 은주와 론을 소개했다. 정훈도 그제야 정신을 차리고 전화로만 들은 두 사람을 향해 반갑게 손을 내밀었다.

"윤후 아빠입니다. 말씀 많이 들었습니다. 저희 윤후 보살펴 주신다고요."

"호호, 보살피긴요. 윤후가 아버님 닮아서 훤칠하구나."

론은 한국어로 대화하는 모습을 지켜보다가 자신도 연습한 한국어로 인사를 건넸다.

"안녕하세요. 론 제임스입니다."

"아, 그 친구군요. 반가워요."

정훈은 은주와 론이 같이 머문다는 것을 미리 들었음에도 신기하기만 했다.

십 년을 영혼들과 지냈다면 지금은 그들의 가족과 함께 머물고 있었다. 그 때문인지 정훈도 처음 보는 두 사람에게서 친근함을 느꼈다.

간단하게 인사를 나눈 뒤 허드슨강이 내려다보이는 창가에 한참이나 서 있던 정훈이 소파에 앉으며 윤후에게 말했다.

"아들, 혹시 장난치는 거 아니지?"

"네?"

"오늘 아들 생일이잖아. 만우절. 4월 1일."

"아, 그래요?"

너무 많은 일이 있어서 자기 생일도 잊고 있던 윤후이다. 옆에 있던 사람들이 놀란 얼굴로 윤후를 바라봤다.

"생일이 'April Fools' Day야?"

"네, 맞아요."

"어머, 정말? 참 거짓말처럼 태어났네? 그래서 거짓말 같은 일이 벌어지는 건가? 그래도 말은 해야지. 기다려 봐. 아줌마가 나갔다 와야겠다."

윤후는 서둘러 나가는 은주에게 괜찮다고 말했지만, 은주는 손을 저으며 자리에서 일어섰다. 그러고는 조용히 앤드류에게 상황을 설명했다.

윤후는 은주가 음식을 준비하려는 모습에 괜한 수고를 끼치는 것 같아 말리려 하는데 유난히 굳은 얼굴로 있는 앤드류가 눈에 들어왔다.

아마도 자신이 관리하는 가수의 생일을 몰랐다는 것을 자책하는 것처럼 보였다.

"괜찮아요. 저도 잊고 있었어요."

"죄송합니다. 다음부터는 이런 실수가 없도록 하겠습니다."

정훈은 알아듣지 못하지만 분위기상 눈치를 채고 머쓱해했다.

"이거 내가 실수한 기분이네. 아들이 말 좀 잘해줘. 한국에 있을 때도 별일 없이 지나갔다고."

윤후는 피식 웃었다. 정훈의 말대로 생일이라고 해봐야 케이크 말고는 평소와 똑같았다.

그때는 친구가 없는 대신 영혼들이 함께했지만 지금은 친구도 있고 음식까지 준비하려는, 자신을 아껴주는 사람들이 있었다.

*　　　*　　　*

한국에서는 다른 나라와 다르게 장난을 하는 게 아니라 유독 거짓말을 하는 날이 만우절이었다.

그리고 한국의 팬들은 당연하게도 윤후의 생일을 알고 있었다.

생일 선물도 미리 보냈고, 미국에 거주하는 덥덥이가 인증 사진까지 올려놓았다.

[생일 선물! 뉴욕 맨해튼 타임스퀘어에서]

그 밑에는 윤후가 인터뷰에서 자신들이 준비한 선물을 언급해서 너무 좋다는 말과 함께 생일을 축하한다는 글이 엄청나게 달려 있었다.

그리고 생일을 축하하러 온 덥덥이들은 누구의 장난으로 시작했는지는 모르겠지만 만우절을 기념해 귀여운 거짓말로 가득했다.

[우리 오늘 결혼했어요]

─나도 오늘 했는데.

─어? 나도 했는데.

[저 취직했어요! 후 가정부로! 오늘 아침에 먹은 미역국 인증!]

─개부럽.

─이건 좀…….

다들 웃으며 자신들끼리 즐기고 있었다. 그러던 중 유난히 진짜 같은 거짓말이 등장했다.

[오늘 생일 기념으로 뉴욕 센트럴파크에서 9시에 깜짝 공연한다고 합니다. 아래는 준비 중인 사진]

—무슨… 저 사진, 한국대 강당인데? 2차 팬미팅 때구만. 그래도 지금 뉴욕행 티켓 끊으러 감.

장난에 호응하는 댓글이 엄청나게 달렸다. 그리고 그것이 문제였다.

한글을 몰라 번역기까지 사용해 가며 글을 읽는 해외 팬들이 문제였다. 문화적 차이에서 오는 오해였다.

그 해외 팬들은 무분별하게 자기 나라의 팬카페에 퍼 나르기 시작했다.

물론 한국어를 할 줄 아는 팬들이 잘못된 걸 짚긴 했지만, 문제는 팬미팅 때의 사진인 걸 몰랐기에 그것마저 거짓말이라고는 생각지 못했다.

*   *   *

부지런한 은주의 준비로 조금 일찍 저녁 식사를 했다. 평소에도 은주 덕에 한식을 주로 먹고 있지만, 많은 사람과 함께해서인지 식사 시간이 즐겁기만 했다.

"아들, 괜히 걱정했네. 아빠보다 더 잘 먹고 있잖아?"

"아줌마가 잘 챙겨주세요."

"와, 뭔가 속은 기분인데? 이거 엄청 맛있네. 사모님, 이거 엄청 맛있네요."

"호호, 많이 드세요."

론은 다른 음식은 맛있게 먹었지만, 미역국은 이상한지 몇 술 뜨다 말았다.

윤후가 웃으며 어떤 의미가 있는지 설명해 주자 론은 그제 야 마지못해 더 먹었다.

그리고 윤후는 앤드류도 마찬가지일 것 같아 앤드류를 쳐 다볼 때, 앤드류가 자리에서 일어섰다.

"회사에서 전화가 계속 오네요. 잠시 전화 좀 받고 오겠습 니다."

앤드류는 식탁에서 일어나 강이 보이는 창가에 가서 전화 를 받았다.

항상 자신의 일을 보느라 바쁜 앤드류에게 미안함과 고마 움을 느꼈다.

"김 대표님이랑은 조금 다르네?"

"많이요. 그래도 저를 많이 챙겨주세요."

"그래? 사람이 좀 차가워 보여서 걱정했는데. 여기 오면서 도 말 한마디 안 했거든."

윤후는 정훈의 말에 피식 웃고는 앤드류를 봤다. 그런데 뭔가 조금 이상했다. 전화를 하다 말고 휴대폰을 한참이나 들여다보고 있었다.

항상 차분한 앤드류건만 갑자기 창가를 서성였고, 얼굴에는 심각함이 보였다. 그런 앤드류가 서성거림을 멈추더니 한숨을 뱉고 침까지 삼켰다.

무슨 일이 있나 궁금해진 윤후는 앤드류에게 시선을 떼지 못했고, 그러다 보니 식탁에 있던 사람들 모두가 앤드류를 보고 있었다.

그리고 그때, 그런 앤드류의 격해진 목소리가 들렸다.

"일을 어떻게 하는 거야! 그런 것도 하나 관리 못 해! 당장 공식 SNS에 아니라고 올려! 그리고 경찰한테 요청하고! 나도 지금 갈 테니까 당장 처리하고 있어!"

전화를 끊은 앤드류가 굳은 얼굴로 다가왔다. 그러고는 윤후에게 고개를 숙여 사과했다.

"지금 약간 문제가 생겨서 저는 먼저 돌아가 봐야 할 것 같습니다."

"무슨 문제요? 저 때문인가요?"

한국에서도 간혹 자신 때문에 많은 일이 벌어졌기에 윤후는 앤드류에게 물었고, 앤드류는 잠시 고민하더니 자신의 휴대폰을 윤후에게 내밀었다.

"지금 어떻게 된 일인지 알아보고 있으니까 너무 걱정하지 않으셔도 됩니다."

윤후는 화면에 보이는 스크린 샷을 뚫어져라 쳐다봤다.

윤후도 무슨 소리인지 모를 내용이었다. 그때 론이 고개를 내밀며 물었다.

"뭐라고 쓰여 있는 거야?"

그제야 한글임을 안 윤후는 허탈한 웃음을 짓고 곧장 한국의 'W. I. W.'에 접속했다.

그러고 나서야 일이 어떻게 된 건지 알 수 있었다.

윤후는 덤덤이들 때문에 지금 이런 일이 생겼다는 것을 알고는 조심스럽게 물었다.

"정말 공연하는 줄 알고 사람들이 모였나요?"

"네, 시차 때문에 시간 여유가 있다 보니… 꽤 많이 모여 있다고 합니다. 아무래도 경찰의 도움을 받아야 할 것 같습니다."

"그럼… 혹시 이게 문제가 될까요?"

"당연합니다. 아무리 악의적인 의도가 없었다 하더라도 해프닝으로 넘기기에는 문제가 큽니다. 그건 회사에서 알아서 처리할 일이니 신경 쓰지 않으셔도 됩니다."

윤후는 용서해 줄 수 없느냐고 물으려 했지만, 여전히 굳어 있는 앤드류의 얼굴에서 단호함이 느껴졌다.

윤후가 어떻게 해야 할지 모르겠다는 듯 휴대폰만 바라보고 있을 때 생각지도 못한 글이 보였고, 그 글을 한참이나 바라보던 윤후는 앤드류를 가만히 바라봤다.

"타임스퀘어에 걸린 사진 있잖아요. 그거 한국 팬들이 준비한 제 생일 선물이래요."

그러자 앤드류의 일굴이 잠깐 씰룩거렸다.

일단 사람들이 모여 있는 센트럴파크에 가봐야 알겠지만, 그 사람들이 어떻게 나올지 예상할 수 없었다. 자칫하면 모여 있는 사람들의 분노를 윤후가 받아야 할 수도 있었다.

상당히 곤란한 얼굴을 하고 있을 때, 윤후가 입을 열었다.

"지금 5시 30분이네요. 센트럴파크 가깝잖아요. 스튜디오 가는 길 중간에 있는 곳이 센트럴파크 맞죠?"

앤드류는 윤후가 생각하는 것이 무엇인지 눈치챘다.

하지만 그곳은 공연을 하기에 마땅한 장소가 아니었다.

서머 페스티벌을 위한 공연 장소가 있지만 무료로 공연하는 곳이고, 시민들을 위한 장소이다 보니 상당히 열악했다.

깜짝 공연을 한다는 것은 문제가 되지 않았지만, 미국에서의 첫 공연을 공원에서 한다니 말이 되지 않았다.

그것도 지금 미국을 비롯해 세계에서 제일 뜨거운 가수였다. 하지만 최근 들어 볼 수 없던 윤후의 표정이 눈에 들어왔다.

처음 만날 당시 보인 고집을 부리는 얼굴이었다. 앤드류는 윤후를 보며 고개를 끄덕였다.

"괜찮으시겠습니까? 장소가 야외이다 보니 상당히 열악합니다."

"네, 사람 많은 데서 공연한 적 있어요. 한강 불꽃 축제 할때요. 괜찮아요. 앰프랑 제 기타만 있으면 돼요."

앤드류는 윤후를 잠시 바라보다가 자신의 선에서 일을 결정할 수 없는지 자리에서 일어나 곧장 전화를 걸었다.

콜린이 재밌겠다며 허락하자 앤드류는 곧장 윤후에게 말했다.

"그럼 9시 전까지 공연을 하실 수 있도록 준비하겠습니다. 오늘… 많이 죄송합니다."

"아니에요. 그런데 'Lon'은 기타로만 치면 느낌이 달라지는데 괜찮아요?"

"그것도 준비하겠습니다."

앤드류는 곧장 자리에서 일어서더니 잠시 후 데리러 온다고 하며 인사했다.

영어로 대화해 이해하지 못했지만 분위기상 뭔가 잘못됐다는 걸 느낀 정훈이 윤후에게 조심스럽게 물었다.

"아들, 갑자기 무슨 일 있는 거야? 왜 이렇게 심각한 거야?"

"아, 별일 아니에요."

"뭔데? 걱정되잖아. 저 사람 표정 보면 안 좋은 일인 거 같은데……."

"그런 거 아니에요. 생일 파티 하러 가기로 했어요."

"뭐? 생일 파티? 그런데 왜 저렇게 얼굴이 심각해?"

"축하하러 온 사람이 많대요."

그 모든 대화를 알아들은 은주만 대담한 윤후를 미소 지으며 바라봤다.

*   *   *

누군가의 장난으로 인해 센트럴파크에 갑작스럽게 사람들이 몰리기 시작했다. 하지만 도착한 센트럴파크에는 공연 준비는커녕 공연을 알리는 글조차 없었다.

고개를 갸웃거리며 무대 쪽을 서성이는 사람들이 상당히 많았다.

그런 사람들 중 한 명인 모니카는 궁금함을 참지 못하겠는지 MFB의 본사로 직접 전화를 걸었다.

그러나 신호만 갈 뿐 연결이 되지 않았다. 그래도 꿋꿋이 전화를 건 덕분에 마침내 전화 연결이 되었다.

"센트럴파크에서 있을 후 공연 때문에 전화했는데요."

─죄송하지만 그런 공연은 잡혀 있지 않습니다. 현재 저희

도 어떻게 된 일인지 알아보는 중이니 양해 부탁드립니다.

얼마나 많은 전화를 받았는지 정해진 매뉴얼처럼 뱉는 말에 모니카는 얼굴을 찡그렸다.

뉴욕에 거주하고 있는 참에 요즘 자신이 흠뻑 빠져든 후를 직접 보고 싶어 왔건만 속은 기분이 들었다.

짜증을 내며 SNS에 글을 남기려 할 때, 웅성거리는 소리가 들렸다. 그러고는 갑자기 작업복을 입은 사람들이 공연장으로 향했다.

장비를 실은 차까지 들어서더니 다시 수많은 사람들이 안전 펜스를 치기 시작했고, 귀에 이어컴을 꽂은 경호원 같은 사람들이 모여 있다가 흩어지는 것이 보였다.

"뭐야? 공연 안 한다고 했는데……."

모니카는 긴가민가하면서도 무대 설치하는 모습을 지켜봤다. 9시라고 했으니 시간이 많이 남았기에 헛고생하는 건 아닐지 걱정도 되었다.

주변을 둘러보니 자신과 마찬가지로 어리둥절해하는 사람들이 보였다.

그러면서도 다들 돗자리를 깔고 앉기 시작했고, 모니카는 혹시 모른다는 생각에 바닥에 앉았다.

그리고 그때 등장한 사람들을 보고 모니카는 확신했다.

박스를 든 같은 옷을 입은 사람들이었고, 그들이 입고 있는 조끼에는 윤후의 에이전시인 MFB의 로고가 박혀 있었다.

정말인 것만 같아 주먹을 불끈 쥐며 무대 설치부터 공연 준비하는 사람들의 사진을 찍기 시작했다.

그리고 해가 지자 안전 펜스 밖에 세워둔 스탠드 조명이 일시에 켜졌다.

무대가 있는 어둡던 공원이 대낮같이 환해졌고, 그 때문인지 사람들이 더 많이 몰려들기 시작했다.

그리고 갑자기 무대 위에 검은 정장을 입은 사람이 올라와 마이크를 체크하더니 기다리는 사람들에게 말했다.

"안내해 드릴 사항이 있습니다. 저희가 예상한 것보다 많은 관객이 모여 부득이하게 스탠딩으로 진행해야 할 것 같습니다. 앉아 계신 분들은 뒤에 계신 분들을 생각해서 자리에서 일어나 주시길 바랍니다. 그리고 공연은 30분 뒤 9시 정각에 시작될 예정입니다. 감사합니다."

사람들이 후가 나오는 것이 맞느냐고 소리치며 물었지만, 정장을 입은 사람은 대답하지 않고 내려갔다.

그러자 MFB의 직원들이 양해를 구하며 앉아 있던 사람들을 일으켜 자리를 만들었다.

모니카도 주섬주섬 자리에서 일어나자 저 많은 사람들이 어디에 있었는지 궁금할 정도로 많은 사람들이 밀려들었다.

직원이 알린 9시가 되어갈 때, 공연장 뒤쪽에서 소란스러운 소리가 들려왔다.

모니카도 궁금했지만 사람들 사이에 묻혀 있었기에 볼 수가 없었다. 그리고 그 소란스러움이 점점 더 앞쪽으로 퍼지기 시작했고, 그제야 모니카도 수많은 경호원에게 둘러싸여 이동하는 사람을 확인했다.

경호원들 탓에 확인은 못 했지만, 그 궁금함은 오래가지 않았다.

무대 앞까지 경호원에 둘러싸여 있던 사람이 혼자 무대에 오르기 시작했다.

곧바로 객석을 비추는 야외 조명이 동시에 꺼졌다.

잠시 후 무대 위에 오른 사람이 말없이 고개를 돌려 관객들을 한참이나 쳐다봤다. 그러고는 무대에 준비되어 있는 마이크를 가볍게 두드리며 입을 열었다.

"안녕하세요. 후입니다."

＊　　　　　＊　　　　　＊

공연이 결정되자마자 아파트에서부터 경호원들이 배치되었다. 그러고는 수십 명의 사람들이 아파트를 들락날락했다.

의상 팀이 가져온 옷만 해도 옷 가게를 차려도 될 정도였고, 마치 집이 미용실로 변한 듯 헤어 디자이너부터 메이크업 팀까지 과하다 싶을 정도로 많은 사람들이 오갔다.

그리고 겨우 모든 준비를 마치고 기다리는 윤후였고, 그 모습을 지켜보던 사람들은 그제야 윤후가 스타라는 것을 실감하는 듯 보였다.

"진짜… 이게 연예인이구나. 그동안 매일 옆에 있어서 몰랐어."

론이 놀라며 말했고, 윤후도 이 정도라고는 생각도 못 했다.

한국에서는 기껏해야 미정이 가져온 옷을 입거나 미용실에 가서 머리를 만지는 정도였기에 간단하게 생각했다.

그리고 입고 있는 옷만 해도 평소에 입고 다니는 티셔츠가 아닌 슈트를 입고 있었다.

그래서인지 단순히 팬미팅 정도라고 생각했는데 아닐 수도 있을 것 같다는 생각이 들었다.

그리고 그 생각이 맞았다는 것을 깨닫게 해주는 앤드류였다.

"가시죠."

론과 은주, 그리고 정훈까지 모두 같이 가려고 일어섰고, 아파트의 현관문을 나섬과 동시에 윤후의 앞뒤로 경호원이 붙었다.

앤드류와 함께 다닌 이후로 계속된 일이기에 어느새 익숙해졌는지 경호원들의 안내로 이동했고, 주차장에 들어선 순간 눈에 보이는 광경에 할 말을 잃었다.

"저게… 뭐야?"

론은 말까지 더듬었고, 정훈 역시 어리둥절했다.

시동이 걸린 채 이동을 준비하는 차량의 앞뒤로 똑같은 모양의 차량이 서 있었고, 경호원들은 윤후와 일행이 차에 타는 것을 확인하고 나서야 자신들의 차량에 올라탔다.

그리고 그 숫자를 세어보던 정훈은 침을 꿀썩 삼켰다.

"셋, 넷, 다섯, 여섯… 아들, 대통령이라도 된 것 같은데?"

"그러게요. 너무 과한 것 같은데……."

호위를 받아가며 이동을 시작했고, 그 때문에 거리에서 사람들의 시선을 끌었다.

그래서인지 차 안에 있던 사람들은 부담스러움에 아무런 대화도 없었다. 이동한 지 얼마 되지 않았을 때, 앞좌석에 있던 앤드류가 블라인드를 내리며 말했다.

"그럼 먼저 아버님과 론, 그리고 미세스 조부터 안내해 드리겠습니다."

그러고는 미리 준비하고 있던 직원들이 일행을 안내해 사라졌다. 그러자 앤드류가 윤후에게 공연에 대한 설명을 시작했다.

"총 두 곡만 하시면 됩니다. '론'과 한국에서 부르셨던 '스마일'. 론부터 부르시는 게 좋습니다. 론을 뒤에 부르면 관객들이 흥이 올라 무대를 떠나기 힘들지도 모릅니다. 그리고 'Wait'는 아직 발표가 안 된 곡이니 절대 부르시면 안 됩니다."

"두 곡만요?"

"네, 그 정도도 충분합니다."

한참 동안 공연에 대해 안내하던 앤드류는 다시 어디론가 전화를 하더니 준비가 다 되었다고 말했다.

그러고는 차에서 먼저 내려 윤후의 차 문을 직접 열어주었다.

"내리시죠."

윤후가 차에서 내리자 웅성거리는 사람들의 목소리가 들려왔다.

공원 입구에서 내렸기에 누구인지 궁금해하는 웅성거림이었고, 사람들이 확인하려 했지만 경호원들이 순식간에 윤후를 에워쌌다.

그리고 그 상태로 이동이 시작되었다.

사람들은 아직 누구인지 모르면서도 윤후를 따라 이동했고, 그 행렬이 점점 길어졌다.

공연장까지 함께 이동하는 사태가 발생하였다.

그리고 한참을 이동하던 윤후는 약간 떨어진 한 곳만 대낮처럼 밝음을 확인했다.

저곳에서 공연하는 거라고 생각하며 이동했고, 경호원들에 둘러싸여 있어서 얼마나 많은 사람들이 모였는지 알지 못했다.

웅성거림으로 봐서는 꽤 많은 사람들이 모였을 거라고 예상되었다. 그렇게 무대 앞에 도착하자 경호원들이 앞이 보이게끔 자리를 만들었다.

그러자 같이 이동했는지 앤드류가 좀 전에 자신이 한 말을 다시 알려주고는 무대에 오르라는 듯 두 손으로 무대를 가리켰다.

무대 전체를 한번 훑어본 윤후는 무대를 설치하느라 고생했을 것이 느껴졌다.

오기 전에 사진으로 확인했을 때는 상당히 작은 무대였는데 지금 보이는 무대에는 조명까지 설치되어 있었고, 사진보다 훨씬 넓어 보였다.

고마워하며 무대에 오른 윤후는 그제야 객석을 확인했다.

조명 때문에 어느 정도인지 제대로 보이지는 않았지만 상당히 많다는 것을 느꼈다.

그리고 객석의 조명이 꺼지고 공원의 가로등 불빛이 비치자 그제야 얼마나 많은 사람들이 모여 있는지 확인할 수 있었다.

공원이라고 해도 무대가 보이는 위치는 한정되어 있었다.

그래서인지 전부 일어서 있었고, 그 일어선 사람들이 자신이 보이지도 않을 거리까지 꽉 채우고 있었다.

윤후는 꽤 놀랐는지 관객들을 쳐다보기만 했고, 옆에서 자신을 부르는 앤드류의 목소리가 아니었다면 계속 관객들만 보고 있었을 것이다.

다행히 앤드류 덕분에 정신을 차린 윤후는 마이크를 두드리며 입을 열었다.

"안녕하세요. 후입니다."

"꺄아아악! 진짜 후다!"

윤후가 인사를 함과 동시에 객석에서 환호성이 터져 나왔다.

뭔지도 모르고 윤후를 따라온 사람들도 그제야 현재 빌보드의 1위인 'Lon'의 후라는 것을 알았다. 손으로 입을 막은 채 울먹거리는 사람부터 지금 이 상황을 지인들에게 알리려는 사람까지 다양했다.

그리고 그중 휴대폰으로 윤후를 촬영하는 사람이 제일 많았다.

관객들이 반응이 너무 뜨거웠기에 자칫하면 사고가 날 수도 있을 것 같은 상황이었다.

가뜩이나 갑작스러운 공연인 탓에 스크린도 설치할 수 없었다.

다만 안전 펜스 중간마다 크지는 않지만 무대가 보이게끔 작은 스크린이 설치되어 있었다.

그래도 사람들이 계속 몰리는 탓에 뒤쪽에는 아직도 스크린 설치가 계속되고 있었다. 윤후는 고개를 끄덕이고 입을 열었다.

"그럼 노래를 들려 드리기 전에 가볍게 연주곡을 들려 드릴게요."

그러자 제일 놀란 사람은 앤드류였다. 설마 '빈센트'를 연주하려는 것이 아닐까 하는 생각에 무대에 오르려 했지만, 윤후도 그동안 경험이 있어 '빈센트'를 연주하진 않았다.

다행이라고 생각하며 한숨을 내쉬고 연주를 듣기 시작했다.

관객들은 윤후의 기타 소리가 들리자 점점 웅성거림이 잦아들었다.

뭔가 이상한 감정이 들었다.

즐겁기도 하면서 슬프기도 하고, 화나 났다가 다시 즐겁기도 하고.

인생사를 연주하는 것 같은 느낌에 어느새 공원에는 윤후의 기타 소리만 들렸다.

그러던 중 무슨 곡인지 알아채는 사람들이 나타났다.

"뭐였더라? 어디서 들어본 거 같은데. 맞다. 이거 'Waves of anger'에서 나온 곡이네. 도니 테마곡."

"그래? 영화를 안 봐서 잘 모르는데. 이 곡 좋은데?"

"지금 들리는 거랑 좀 다르긴 한데… 확실히 도니 테마곡이 맞아."

영화를 본 사람들은 새로워하며 곡에 빠져들었고, 보지 못한 사람들은 연주가 주는 느낌에 빠져들었다.

기타 하나로 관객을 조용하게 만든 윤후의 위력에 앤드류는 또다시 놀라고 있었다.

그리고 연주를 마친 윤후는 스크린 설치가 얼추 마무리되는 것을 확인하고 마이크를 손에 쥐었다.

"지금 이 곡 아시는 분?"

객석 곳곳에서 정답이 들려오자 윤후는 고개를 끄덕였다.

"맞아요. 'Waves of anger' 도니 테마곡. 제가 쓴 곡이거든요. 지금 들으신 게 처음 작곡한 버전이고 영화에 나온 게 편곡한 거예요. 좋죠?"

제이가 지금 이 자리에 있었다면 이제 관객들에게도 자랑한다며 뭐라고 했을 말을 아무렇지도 않게 하는 윤후였다.

그리고 객석에서 관객 대부분이 모르고 있던 모양인지 감탄사가 터져 나왔다.

그렇게 영화음악에 참여한 일을 관객들에게 얘기해 주는 윤후였고, 앤드류는 시간을 끄는 모습에 급하게 무대에 올라 윤후의 귀에 대고 속삭였다.

"빨리 하시고 가셔야 합니다."

"저 뒤에 스크린 설치가 아직 안 된 것 같아서요."

"아……."

앤드류는 관객을 생각하는 윤후가 새롭게 보였다.

아직 자신이 얼마나 대단한 가수인지 자각하지 못해서인지, 아니면 정말 관객을 아껴서 그린 것인지 분간이 안 됐지만, 그래도 지금의 모습에 좋은 느낌을 받았다.

미소를 지으며 윤후의 귀에 다시 속삭였고, 윤후는 고개를 갸웃거리고는 앤드류를 쳐다봤다.

"직접 말하세요."

앤드류는 당황했지만 빨리 무대를 진행해야 했기에 목을 가다듬고 마이크를 건네받았다.

"현재 MFB의 메인 홈페이지에서 생방송으로 현장의 모습을 보실 수 있으니 그 점 참고바랍니다."

앤드류는 말을 끝내고 윤후에게 노래를 시작하라고 말한 뒤 빨개진 얼굴로 서둘러 무대를 내려갔다.

그 모습에 윤후는 피식 웃고는 고개를 돌려 진행 팀에게 고개를 끄덕였다.

그러자 앰프에서 빌보드 1위곡인 'Lon'이 나오기 시작했고, 그와 동시에 관객들이 환호성을 질렀다.

신나는 곡이다 보니 관객들이 노래에 맞춰 어깨를 들썩였고, 무대에서 처음으로 신나는 곡을 부르는 윤후도 무척 신이 났다.

환하게 미소까지 지으며 노래를 불렀고, 하이라이트인 코러스 부분을 부르기 시작할 때 흥이 난 윤후가 앞쪽에 있던 론을 가리켰다.

론, 론, 론, 론, 로온. 변하지 않길

아는 사람은 노래를 따라 부르기 시작했고 모르는 사람들도 신나는 분위기에 같이 즐기고 있을 때, 무대 위 윤후가 춤을 추기 시작했다.

춤이라기보다는 박자에 맞춰 다리를 쩔뚝거리는 것이 다였지만, 신나는 곡에 웃는 얼굴로 저러고 있자 관객들도 재밌어 보였는지 하나둘 따라 하기 시작했다.

노래가 이어지고, 다시 코러스가 나오자 윤후는 앞서 췄던 춤을 또다시 추었다.

윤후는 객석에서 일어난 진풍경을 목격했다.

수많은 관객들이 자신처럼 박자에 맞춰 동시에 춤을 추니

파도가 치는 것처럼 객석이 출렁거렸다.

수만 명에 달해 보이는 사람들이 동시에 같은 춤을 추자 장관이 따로 없었다.

윤후는 더욱 신이 나 열심히 춤을 추며 노래를 불렀다.

무대 밑에서 그 모습을 지켜보던 정훈은 배를 잡아가며 웃었다.

"하하하, 아들이 춤 못 추는 건 엄마 닮았네. 날 닮았어야 하는데. 하하하하!"

정훈은 말을 하면서도 신이 난 얼굴로 춤을 따라 췄고, 무대를 지켜보던 앤드류는 윤후가 설마 무대에서 춤을 추리라고 생각하지 못했는지 적잖이 당황한 얼굴이었다.

그럼에도 자신도 모르게 박자에 맞춰 다리를 들썩거리고 있었다.

'Lon'이 끝이 나자 관객들은 다시 환호성을 질러댔다.

누군가가 엄지손가락을 하늘로 치켜세우자 관객들이 너도나도 따라 하기 시작했다.

그 모습을 본 윤후도 보답이라도 하듯 객석을 향해 엄지를 내밀었다.

그리고 잠시 진정되길 기다린 뒤 '스마일'을 부르기 시작했다.

잔잔하게 들려오는 노래에 언제 흥이 났는지 생각이 안 들

정도로 객석이 조용해졌다.

노래가 주는 포근함과 따뜻한 느낌이 무척이나 좋았다.

관객들은 전부 제목처럼 미소를 짓고 있었다.

키스를 하는 연인도 있었고, 무대도 보지 않고 노래 가사를 음미하며 고개를 좌우로 흔드는 사람도 보였다.

노래가 끝이 났음에도 관객들의 얼굴에서는 미소가 사라지지 않았다.

오히려 더 진해진 얼굴로 윤후를 바라보고 있었다. 좀 더 원한다는 눈빛으로.

하지만 나머지 곡들은 앨범에 수록될 곡들이기에 공개할 수 없었다.

스마일이야 원래 영어 가사였으니 문제가 되지 않았지만, 다른 곡들은 가사를 번역하고 아직 녹음도 안 했기에 이곳에서 공개할 수 없었다.

윤후가 어떻게 해야 하나 싶어 곤란해할 때, 처음 보는 사람들이 앤드류와 함께 무대로 올라왔다.

밴드처럼 보이는 사람들이었고, 앤드류가 윤후에게 속삭였다.

"인사하고 내려오시죠. 뒤는 저 친구들이 맡을 겁니다."

그제야 왜 두 곡이면 충분하다고 했는지 알 수 있었다.

안심이 된 윤후는 마이크를 잡고 관객들에게 인사했다.

"미국에서의 첫 무대였는데 너무 즐거웠어요. 오늘 제 무대는 여기까지네요.. 정말 잊지 못할 생일이 될 것 같아요. 감사합니다."

그리고 윤후는 무대를 내려왔다. 그때 오늘이 윤후의 생일임을 알게 된 관객들이 박수를 보내다 말고 다 같이 생일 축하 노래를 부르기 시작했다.

한두 명으로 시작된 축하 노래가 종내에는 관객 전부가 불렀다.

생일 축하합니다. 생일 축하합니다

무대를 내려오던 윤후는 미소를 지으며 관객들에게 고개를 숙여 인사했고, 무대를 내려오자 정훈이 활짝 미소 짓는 모습이 눈에 들어왔다.

"생일 선물로 엄청난 거 받았네? 누가 저 많은 사람들한테 축하 노래를 들어보겠어? 하하! 아들 생일 축하해!"

정훈의 말대로 죽을 때까지 기억에 남는 생일이 될 것 같았다.

*　　　　　*　　　　　*

MFB에서 생방송으로 내보낸 윤후의 공연 영상으로 인해 미국은 물론 거의 전 세계에 윤후의 이름이 퍼졌다.

Y튜브에는 MFB에서 직접 찍은 공연의 풀 영상뿐만이 아니라 그날 관객으로 있던 사람들이 올린 영상도 상당했다.

그리고 하나같이 입을 모아 똑같은 말을 했다.

Best of Best.

최고의 무대였고, 무료로 보기 미안했다는 말들이 나왔다. 그리고 윤후와 관객이 함께 호흡을 맞추듯 춤을 추는 장면은 묘한 중독성과 함께 경이로웠다고까지 했다.

한때 유행하던 플래시몹으로 미리 짜고 홍보하는 것이 아니냐는 말까지 나올 정도였다.

동영상의 조회 수만 해도 하루 만에 1억 뷰가 넘어갔고, 새로운 동영상이 우후죽순으로 생겨나기 시작했다.

학교, 병원, 심지어는 경찰서에서까지 론을 틀어놓고 전부 한쪽 다리를 구부렸다 폈다 하는 영상을 올리고 있었다.

그러다 보니 윤후의 노래를 들어보지 못한 사람들까지 '후'라는 이름을 알게 되었다.

게다가 유행에 편승하겠다는 듯 각종 매체에서도 이번 윤후의 공연에 대해 얘기했다.

현재 세계에서 가장 뜨거운 가수가 무료로 깜짝 공연을 했다는 점을 내세우며 알아서 홍보해 주고 있었다.

그 기사와 화면을 보던 앤드류는 기가 막힌 듯 헛웃음을 뱉었다.

"12주? 아무래도… 딕이 말한 12주는 가뿐히 넘을 거 같네."

*　　　*　　　*

해외 매체에서 윤후를 언급하면 할수록 라온은 죽을 맛이었다.

팬카페를 관리하는 데도 아르바이트를 뽑아야 할 정도였다. 외국인이 하도 방문했기에 홈페이지에 중국어를 비롯해 영어, 일본어, 스페인어 등 각종 언어로 변환할 수 있도록 해 놨음에도 외국인들의 질문이 쇄도했다.

가장 많은 질문은 홈페이지의 메인에 나오는 덥송에 관한 얘기였다.

"진주야, 저번 분기에 덥송 음원비하고 저작권비 들어온 거 얼마냐?"

"가사 때문에 얼마 안 돼요. 700만 원 조금 넘어요. 전부 기부했고요."

"음원만 판 거 아냐? 꽤 많은데? 아무래도 이거 MFB에다 말해야 할 것 같다."

"안 돼요! 이것마저 뺏길 수 없어요!"

"그래? 그럼 네가 업무를 더 열심히 보든지."

김진주는 그제야 김 대표의 의견에 동의한다는 듯 고개를 끄덕였다. 하지만 한국에도 앤드류와 비슷한 사람이 있었다.

"제가 이미 MFB 쪽에 얘기했습니다."

*　　　　*　　　　*

뉴욕시의 제안에 윤후를 방문한 앤드류는 회사에서 걸려 온 전화를 받았다.

팀에게 전해 들은 앤드류는 윤후가 새롭게 보였다. 알면 알수록 새로웠다.

차갑게 느껴지는 첫인상과 다르게 사람들을 꽤나 좋아했다. 어떤 가수가 팬가를 직접 만들고 그것을 통해 얻어지는 이익을 기부할 생각을 했는지 웃기기도 했지만 솔직히 말하면 기가 막히게 좋은 기획이었다.

라온에서 기획했을 거라 생각했는데 전부 윤후가 생각하고 혼자서 만든 일이었다.

그리고 지금 자신도 한국 팬카페에 들어가 노래를 듣는데 곡이 생각보다 좋았다.

가사는 알아들을 수 없었지만 느낌 자체가 시원하면서도

성스러웠다.

마치 CCM 같은 느낌이었다.

한국에서처럼 팬가가 있으면 좋을 것 같다는 생각이 들었다.

앤드류는 정훈과 함께 자신이 나온 뉴스를 보고 있는 윤후에게 물었다.

"한국어 '리라'가 무슨 뜻입니까?"

"리라? 그게 뭔데요?"

앤드류는 덥송에 유독 많이 나오는 '리리'에 대해 물었지만, 윤후가 잘 모르는 것 같아 기억나는 대로 불렀다.

기억하리라. 당신의 모든 순간을 기억하고 또 기억하리라. 노래하리라. 당신이 들려준 천국의 노래를. 부르고 또 부르리라.

"컥!"

TV를 보고 있던 정훈은 당황한 나머지 사레가 들렸다.

발음은 이상했지만 한국에서 들은 찬송가 같은 덥송을 항상 진지한 얼굴의 앤드류에게서 듣게 될 줄은 상상도 못 했다.

그럼에도 윤후는 대수롭지 않게 덥송에 대해 친절하게 번

역해서 불러주었다.

그러자 앤드류는 당황한 얼굴이 되었다. 가사 내용이 윤후를 신처럼 여기고 있었다.

앤드류는 조심스럽게 의견을 내놓았다.

"혹시 가사를 바꾸는 것이 어떻겠습니까?"

"왜요?"

"그 노래를 각국의 팬들에게 알려주려고 합니다."

"안 돼요. 그 곡 가사, 덥덥이들이 직접 쓴 거예요."

그리고 윤후는 그 노래를 쓰게 된 이유를 밝혔다.

자폐증을 밝혔음에도 꿋꿋이 남아 자신을 응원해 준 팬들에게 준 선물이라고 말하자 앤드류는 이해했다는 듯 고개를 끄덕였다.

"알겠습니다."

아무래도 가사가 너무 과한 면이 있기에 가사를 바꾸지 못할 바엔 생각을 접어야 했다.

그 팬가가 없더라도 윤후는 지금 충분히 뜨거웠다. 하지만 한국 사람의 힘을 너무 모르는 앤드류였다.

아쉽기는 했지만 빠르게 포기한 앤드류는 뉴욕시에서 제안한 말을 꺼냈다.

"이번에 갑자기 한 공연은 사실 뉴욕시의 도움을 받았습니다."

"그래요?"

"네. 그런데 한 번만 더 시민들을 위해 공연을 하는 것이 어떻겠냐고 그러더군요. 후 씨가 싫다고 하시면 저희가 처리할 수 있습니다. 말씀은 드려야 할 것 같아서 미리 말씀드리는 겁니다. 그냥 시민들을 위한 공연 같으면 저희가 먼저 거절했을 텐데 이번 공연은 조금 다릅니다."

"어떤 공연인데요?"

"뉴욕에 위치한 병원에 입원해 있는 론이라는 이름을 가진 환자들을 위한 공연이리고 하더군요. 물론 정치가들이 자신들의 이름을 내세우기 위해 생각해 낸 것이겠지만, 저희도 나쁘게만 보이지는 않더군요. 그래서 음반 준비로 바쁘신 걸 알지만 의견을 여쭤보러 왔습니다."

"론이라는 이름이 많아요?"

"네, 많습니다. 거동이 가능한 환자와 환자들의 가족, 그리고 일반 시민들도 올 거라 생각됩니다. 물론 뉴욕시에서 주최하는 일이기에 저희는 뉴욕시에서 공연비를 받게 됩니다."

어린 시절 자신을 떠올리던 윤후는 정훈을 바라봤다. 그러자 정훈이 알아서 하라는 듯 어깨를 으쓱거렸다.

"알았어요. 날짜는 언제인데요?"

"저희가 하겠다고 하면 그쪽에선 되도록 빠르게 잡을 것 같습니다."

"장소는요? 저번 그 공원이요?"

"그것도 뉴욕시에서 결정해서 알려줄 겁니다."

윤후가 고개를 끄덕이자 정훈이 잘 생각했다는 듯 윤후의 어깨에 손을 올리며 미소 지었다. 그러고는 윤후의 귀에 대고 조용히 말했다.

"이번엔 아들이 기타 할배나 아저씨들처럼 론들에게 힘을 주겠네?"

거기까지 생각하지 못한 윤후는 그럴 수도 있겠다고 생각하며 힘차게 고개를 끄덕였다.

*　　　*　　　*

'W. I. W.'에 외국인이 대거 유입되어 덥송에 대해 묻는 글이 많아졌다.

처음에 가사를 뽑을 당시만 해도 반대가 수두룩했지만, 지금은 팬카페에만 접속하면 들리는 노래이기에 익숙했다.

그리고 각국의 사람들이 자신들이 직접 부른 노래에 대해 관심을 가지자 한국 덥덥이들이 자신들이 가사를 쓴 덥송을 직접 알리기 시작했다.

인터넷 강국의 힘을 발휘했다.

각 나라에 있는 윤후와 관련된 팬카페에 '덥송'이라는 글을 올리고 Y튜브에 팬카페 영상을 편집한 뮤직비디오를 올려놓았다.

라온의 스튜디오에서 팬들이 직접 노래를 녹음했고, 순위에는 없지만 이미 음원까지 발매되었기에 쉽게 접할 수 있었다.

윤후가 팬들에게 준 선물이라는 글과 함께 올리자 반응이 나오기 시작했다.

그리고 해외의 팬들은 자연스럽게 거기에 동참하고 있었다.

Y튜브에 올린 영상을 보며 한국어로 된 가사를 열심히 외웠다. 그리고 지금 침대에 있는 윤후의 팬도 마찬가지였다.

자신과 똑같은 이름으로 나온 노래를 듣고 너무 기분이 좋았다.

마치 친구가 자신에게 불러주는 듯한 느낌을 받았다. 그러다 보니 매일 듣게 되었고, 윤후의 곡이 빌보드 1위에 올랐을 땐 자신의 일처럼 좋아했다.

그리고 병원에서 퇴원한 뒤로 론의 일과는 오로지 윤후를 검색하는 일이었다. 물론 스스로 검색하지는 못했다.

"엄마, 다른 기사는 없어요?"

"더 읽으려고? 그만 쉬는 게 어때?"

"그럼 덥송 좀 틀어주세요."

"그럼 그거 듣고 산책하기다?"

그때 론의 엄마 전화가 울렸다.

병원에서 온 전화를 확인하고 조용히 밖으로 나가자 방에 남아 있던 론은 손을 더듬어 라디오를 틀었다.

방문을 닫은 론의 엄마는 얼마 전 검사를 한 론에게 무슨 문제가 있진 않을까 걱정스러웠다.

아직 성인도 안 된 아들이건만 모든 게 자신의 탓만 같았다.

망막 모세포종.

론의 눈 색이 조금 이상하다고 느꼈을 때, 병원을 갔더라면 지금 론은 다른 아이들처럼 세상을 볼 수 있었을 것이다.

안구를 적출해야 한다는 말을 들었을 때는 차마 론에게 말을 할 수 없었다. 그렇기에 다시 검사했고, 그 검사를 기다리는 중이지만 결과는 이미 예상하고 있었다.

론의 엄마는 심각하게 전화를 받았다. 그런데 전화 내용은 자신이 생각하던 것이 아니었다.

상당히 뜬금없는 소리에 의아한 얼굴을 하고 다시 아들의 방으로 들어갔다.

"론, 혹시 공연 보러 갈래?"

"으… 응? 아니요. 괜찮아요."

"가수 중에 후도 나온다는데?"

순간 론은 고민되었다. 가고는 싶었지만 간다고 해서 공연을 눈으로 볼 수는 없었다.

그때, 라디오에서 'Lon'이 나오기 시작했다.

친구가 자신에게 해주는 얘기 같은 노래.

론은 결심한 듯 고개를 끄덕였다.

"가고 싶어요."

                    *   *   *

뉴욕시에서 주최하는 공연에 참가하기로 결정했지만, 앤드류의 말을 듣는 윤후는 신기하기만 했다.

"후 씨에게 주어진 시간은 30분입니다. 주최 측에서는 엔딩을 원했지만 그렇게 되면 빠져나오기 힘들어질 것을 고려해 첫 무대로 잡았습니다."

"그런데 곡이 아니라 시간이에요?"

"네. 이건 저희가 준비한 30분간의 공연 내용입니다."

윤후는 앤드류의 노트북을 보며 설명을 들었다. 도니의 테마곡과 '스마일', 그리고 '론'까지 부르는 것은 당연했다. 그렇지만 문제는 나머지 시간에 부를 곡이었다.

앤드류가 뽑아온 곡 목록에는 타 가수의 곡과 한국에서 부른 '어때?'였다.

그것이 아니라면 관객들과 대화를 하며 시간을 채워야 했기에 윤후의 답은 이미 정해져 있었다.

"'어때?'는 세 사람이 같이 불러야 해서 좀 그래요. 그냥 라이올라이의 'New York Sky' 부를게요."

"네, 알겠습니다."

*　　　　　*　　　　　*

공연 당일. 정훈과 은주, 론은 먼저 이동했고, 윤후는 전과 마찬가지로 앤드류와 함께 이동했다.

밤이 아닌 낮의 공원은 생각보다 사람이 많았다. 하지만 저번의 갑작스러운 공연과 달리 뉴욕시에서 주최해서인지 상당히 준비가 잘되어 있었다.

그리고 관객의 대상이 환자인 만큼 저번처럼 경호원들이 윤후를 감싸고 이동하는 일은 벌어지지 않았다.

윤후는 돗자리나 휠체어에 앉아 있는 사람들을 볼 수 있었다.

그래도 경호원을 대동해 이동하니 시선이 몰려 앤드류는 좀 더 빠르게 이동해 대기실로 들어섰다.

야외 공연인 탓인지 리허설도 없었지만 대기하고 있던 윤후는 지금까지 선 무대에 비해 좀 더 긴장했다.

정훈이 한 말 때문이다. 영혼들처럼 자신이 다른 사람에게 힘을 줄 수 있을지 약간 걱정되었다.

그리고 시간이 다 되었는지 앤드류가 직접 윤후를 안내했다.

오프닝은 빅 밴드의 연주로 분위기를 띄워놓았기에 윤후는 천천히 무대로 올라갔다. 그런데 저번 공연과 약간 달랐다.

저번 공연은 자신을 향해 환호를 질러댄 반면 지금의 관객들은 환자들이라고는 하나 상당히 조용했다.

하지만 아파 보이는 얼굴은 아니었다. 단지 론이라는 같은 이름을 가진 다양한 연령층이 친구를 보듯 친근한 눈빛을 보내고 있었다.

윤후도 나쁘지 않은 기분에 마이크를 잡고 인사했다.

"안녕하세요. 후입니다. 수많은 론과 함께해서 영광입니다."

"하하하하!"

회사에서 준비한 인사에 좋아하는 관객들을 본 윤후는 한결 마음이 가벼워졌다.

윤후는 준비한 대로 연주를 시작했다. 무대를 반짝이는 눈으로 보는 수많은 론 덕분인지 뒤에서 구경하던 일반 관객들도 덩달아 조용히 무대를 지켜봤다.

윤후는 마음 편히 연주를 했고, 따뜻한 느낌을 주는 스마일까지 연달아 마쳤다. 그리고 론들이 기다리는 'Lon'을 부를 차례였다.

누가 이름이 론 아니랄까 봐 'Lon'을 부른다는 소리에 론들이 전부 미소 지었다.

윤후도 미소 짓고 'Lon'을 부르기 시작했다.

환자들이라곤 하나 'Lon'을 부를 때만큼은 일반인과 다르지 않았다. 영상을 봤는지 코러스에서 무릎을 구부리는 사람도 있었고, 앉은 상태로 어깨만 들썩이는 사람도 있었다.

윤후는 신나게 'Lon'을 불렀고, 그때 제일 앞 돗자리에 앉아 있는 사람이 보였다.

파블로 정도의 나이로 보이건만 다른 환자들과 달리 유독 즐기지 못하는 느낌이었다.

그리고 노래가 끝나자 사람들이 박수를 치며 앙코르를 외치기 시작했다. 윤후도 이미 준비한 곡이 있기에 걱정되지는 않았지만, 앞에서 슬픈 얼굴을 하고 있는 관객이 유난히 신경 쓰였다.

신경 써서 준비한 무대임에도 그 소년에겐 힘이 되지 못하는 느낌이 들었다.

윤후는 고민하다가 마이크를 들고 무대에 걸터앉아 그 소년을 보고 말했다.

"론?"

"어! 네! 여기!"

수많은 론이 대답하자 윤후는 피식 웃고는 손을 들어 대답하지 않는 론을 가리켰다. 그럼에도 대답을 하지 않았다.

그리고 잠시 뒤에야 함께 온 보호자가 설명하는 모습이 보였고, 그제야 앞을 볼 수 없다는 것을 깨달았다.

그러자 윤후는 미안한 마음부터 들었다. 이유도 모른 채 다가가려 해서 사람들의 시선을 받게 만든 것 같았다.

윤후는 걸터앉아 있던 무대에서 뛰어내렸다.

그다지 높지는 않았지만, 윤후가 내려옴과 동시에 사방에서 경호원들이 달려나왔다.

윤후는 손을 들어 그들을 제지하곤 슬픈 얼굴의 론에게 걸어갔다.

"이름이 론 맞죠?"

"네? 네……."

"난 후예요. 알아요?"

"네. 팬이에요."

"고마워요. 내가 내려온 이유는 'Lon'을 론이 즐기길 바라서예요."

소년은 당황한 얼굴을 했다. 그럼에도 윤후는 보호자에게 허락을 구하고 론의 손을 잡았다. 그러자 론도 마지못해 자리에서 일어섰다.

"다른 곳은 박수만 쳐도 되는데 론이 잔뜩 나오는 부분은 무릎도 구부려야 해요. 내가 알려줄게요."

윤후는 허리까지 숙여서 론의 무릎을 구부려 가며 안무를 알려줬다.

안무라고 해봐야 무릎을 구부리는 게 전부이기에 대단할 것도 없었지만, 그 모습을 보는 사람들이 느끼는 것은 대단했다. 정말 같이 즐기길 바란다는 것이 진심으로 느껴졌다.

윤후를 보는 사람들의 눈빛에 따뜻함이 더해졌다.

박자에 맞게 안무를 가르쳐 준 윤후는 다시 무대로 올랐다. 그러고는 마이크를 들고 다시 내려왔다.

다음 곡이 라이올라이의 'New York Sky'임에도 불구하고 윤후는 다시 'Lon'의 MR을 부탁했다.

그러자 공연에 주어진 30분이 윤후의 시간이라는 말이 맞는다는 듯 곧바로 반주가 나오기 시작했다.

같은 곡을 연달아 부름에도 불구하고 사람들은 더욱 신이 났다. 그런 신나는 흥분 상태를 유지하며 대망의 코러스에 도달했다.

론, 론, 론, 론, 로온. 변하지 않길

윤후는 쭈뼛거리며 줄곧 따라 하는 슬픈 표정의 론을 보며 씨익 웃었다.

하지만 자신을 볼 수 없다는 것을 깨닫곤 노래 중간에 말을 섞기 시작했다.

"론, 론, 론, 론, 로온. 변하지 않길. 좋은데요? 론? 잘하는데요?"

그게 계속되자 슬픈 표정이던 론이 결국 미소 지었다. 그러고는 어느새 활짝 웃으며 노래에 맞춰 무릎을 구부렸고, 관객 모두가 따라 했다.

모두가 신이 난 상태로 노래가 끝나자 윤후는 사람들에게 손을 흔들며 인사했다. 그러고는 웃고 있는 론에게 다가가 가만히 손을 쥐었다.

"잘하던데요? 내 팬이라고 하더니 맞나보네요."

"맞아요. 저 더브더브거든요."

윤후는 덥덥이라는 발음이 어려워 외국 팬들은 더브더브라고 하는 걸 알고 있기에 내심 놀랐다.

"진짜요? 고마운데요?"

그러자 슬픈 얼굴이던 론이 멋쩍어하며 고개를 숙인 채혼자 중얼거리기 시작했다.

귀를 기울이던 윤후는 무슨 소리인지 알아챘다.

그러고는 론의 입에 마이크를 가져다 댔다.

기억하리라. 당신의 모든 순간을 기억하고 또 기억하리라.
노래하리라. 당신이 들려준 천국의 노래를. 부르고 또 부르
리라

Chapter 6
대식은 어디에

　고개를 숙인 론의 노래가 끝나자 대다수의 관객들이 덥송을 모르는지 갑자기 노래를 부르는 론을 이상하게 봤다.

　그러자 윤후는 론의 어깨에 손을 올리며 마이크에 대고 말했다.

　"한국에서 팬들이 붙여준 가사예요. 미국에 와서 이 노래를 듣게 돼서 놀랍네요. 고마워요, 론. 잘 부르는데요?"

　그러자 사람들이 이해했다는 듯 고개를 끄덕이며 박수를 보냈다.

　론도 머쓱하긴 했지만 기분이 좋은지 미소를 지었다. 론이 웃는 모습을 보고서야 윤후는 다시 무대에 올랐고, 자신에게 주어진 시간이 다 되어감에 인사를 건넸다.

"즐거웠어요. 건강해져서 또 만나길 바라요."

관객들은 손까지 흔들며 인사를 했고, 윤후도 미소를 지으며 무대에서 내려왔다.

무대에서 내려오자 역시나 앤드류가 달려왔고, 윤후는 드디어 앤드류에게 한 소리 들을 거라 생각했다.

"수고하셨습니다. 좋은 무대였습니다."

생각하던 것과 다른 칭찬에 앤드류를 빤히 쳐다봤다.

"왜 그러십니까?"

"제 마음대로 해서 문제 되진 않았을까 해서요."

"이런 경우는 마음대로 하셔도 됩니다. 오히려 후 씨 이미지에 도움이 됐습니다."

앤드류가 고갯짓으로 옆을 가리키자 뉴욕시에서 주최하는 만큼 취재진도 상당했다. 윤후는 역시 계산적인 앤드류라는 생각에 피식 웃으며 대기실로 향했다.

*   *   *

집으로 돌아온 앞이 보이지 않는 론의 엄마는 오랜만에 식탁에 앉은 아들의 모습을 기쁜 얼굴로 바라봤다. 공연을 보고 온 지 얼마 안 되는 시간이지만 확실히 변했다.

앞이 안 보이게 되면서부터 그늘져 있던 얼굴에 오늘만큼은 미소가 대신했다.

그래도 아쉽기는 했다. 무대를 제대로 볼 수 있었다면 더욱 좋아했을 것이다.

그런 생각 때문인지 론과 다르게 론의 엄마의 얼굴엔 그늘이 생겼다.

론이 수술을 어떻게 받아들일지 걱정되었다. 그렇다고 수술을 하지 않는다면 사망할 수도 있기에 안 할 수도 없었다.

미소 짓고 있는 론의 얼굴을 슬픈 눈으로 바라봤다. 그때, 론이 스푼을 테이블에 내려놓으며 말했다.

"엄마, 나 수술 받을게요."

"응?"

"수술 받는다고요. 안 받으면 죽을 수 있다면서요. 받을게요."

전화할 때면 격해진 목소리로 소리를 지르는 탓에 모르려야 모를 수가 없었다.

론도 자신의 상태에 대해 알고 있었다. 하지만 앞이 보이지 않는 것만 해도 무서웠고, 혹시나 다시 볼 수 있을지도 모른다는 희망에 모른 척했을 뿐이다.

"저… 수술 받고 노래 배우고 싶어요."

"노래?"

"네. 나도 후처럼 가수 되고 싶어요. 후도 예전에 자폐증이었대요. 그런데 지금은 가수잖아요. 저도 해보고 싶어요."

어떻게 말을 꺼내야 할지 걱정하던 론의 엄마는 론의 말에 눈시울이 붉어졌다.

그러고는 항상 침대에만 누워 있던 론이 용기를 내준 것에 감사했다.

론을 꽉 끌어안으며 눈물을 흘렸다.

"신이시여, 감사합니다. 감사합니다."

* * *

윤후의 주가가 끝도 없이 올라가 떨어질 생각이 없었다.

벌써 두 번의 빌보드지가 바뀌었지만, 여전히 빌보드 차트에서 1위 자리였고, 더욱 뜨거워지고 있었다.

워낙 넓은 땅이기에 각 지역의 반응이 늦게 올라오라는 곳도 있었다. 그래서 한동안은 1위 자리를 유지할 것이 분명했다.

〈한국에서 온 천사, '론'들을 위로하다〉

〈'론'의 친구는 천사였다〉

앤드류가 보내주는 기사들이 하나같이 그런 내용이었다.

상당히 부담스러웠다. 그저 자신이 받은 것처럼 론들을 위로해 주고 힘을 주고 싶었을 뿐인데 칭찬이 너무 과했다.

"그런데 약간 문제가 있어서 저희가 말이 나오기 전에 먼저 처리했습니다. 미리 말씀드리지 못해 죄송합니다."

"무슨 문제요?"

"덥송 때문에 한국에서 약간 문제가 있더군요. 좀 우습기는 하지만 한국의 일부 종교 딘체에서 노래 가사 때문에 문제를 삼았습니다. 그래서 회사에서 알아서 처리했습니다. 계약상 덥송에서 얻는 수익을 저희가 건드릴 수가 없어서 MFB에서 후 씨의 이름으로 종교 자선 단체에 기부했습니다."

"그래요? 죄송해요. 저 때문에 일어난 일이니 제가 낼게요."

앤드류는 피식 웃었다. 지금 회사가 윤후로 인해서 얼마나 많은 돈을 벌어들이는지 전혀 모르는 얼굴이었다.

"아닙니다. 앞으로 한국뿐만이 아니라 다른 나라에도 기부하기로 결정했으니 그렇게 알아두시면 됩니다. 참고로 후 씨의 수익에는 손끝 하나 건드리지 않았으니 걱정하지 않으셔도 됩니다."

"저 돈 많아요."

"하하하! 네, 압니다. 앞으로 더 많아지실 겁니다."

윤후는 자신의 이름으로 된 은행 계좌에 그동안 라온에서 번 십억이 넘는 금액이 있는 것을 떠올렸다.

돈을 써본 적이라고는 정훈에게 졸라서 음악에 필요한 장비를 사는 것이 다였기에 비교할 대상이라고는 전부 음악에 관련된 장비뿐이었다.

"그럼 녹음실도 차릴 수 있어요?"

"녹음실 말씀이십니까? 녹음실이 따로 필요하시면 지금 준비하겠습니다."

"아니요. 제 돈으로요."

앤드류는 어이가 없었다. 설마 이 정도까지 모르리라고는 생각지 못했다.

다행히 돈 관리는 정훈이 하고 있었지만, 이제 곧 지금과 비교할 수 없는 돈이 들어올 텐데 걱정스러웠다.

그렇기에 일단 콜린과 이 상황을 제대로 얘기해야 할 것 같았다.

윤후는 대답을 안 하고 있는 앤드류의 모습에 아직 부족하다고만 오해했다.

그러고는 혹시 괜한 부담을 준 건 아닐까 하는 생각에 멋쩍은 듯 괜스레 주위를 두리번거렸다.

　　　　　*　　　　　*　　　　　*

　심각한 얼굴로 얘기하는 앤드류의 말에 콜린도 기가 막힌지 헛웃음을 뱉었다.

　지금 회사와 계약된 연예인을 모두 합쳐도 윤후가 벌어들이는 것보다 적었다.

　"이번 곡으로만 현재 600만 달러가 넘습니다. 앨범도 아니고 싱글로만 이 정도입니다. 얼마나 더 인기를 끌지도 모릅니다."

　"그래. 하하! 그런데 녹음실을 하나 차리고 싶어 했다고?"

　"네, 그러더군요."

　"그래, 참 볼수록 빈센트 같네. 그럼 회사에 소속되지 않은 믿을 수 있는 자산 관리사 알아봐. 천천히 자세하게 알아봐. 급한 거 아니니까. 그리고 구하면 내가 일단 만나보고 후한테 말해보자고."

　앤드류는 고개를 끄덕였다. 아직 시간이 많이 남았기에 제대로 알아볼 생각이다. 그리고 그런 앤드류를 콜린은 흐뭇한 얼굴로 봤다.

　항상 계산적이기만 하던 앤드류가 누군가를 위해서 먼저 나서서 걱정하는 모습은 오랫동안 봐왔지만 처음이었다.

　앤드류를 변화시킨 윤후가 대단하다는 생각이 들었다.

                    *   *   *

　며칠 뒤, 윤후는 어김없이 아파트로 찾아온 앤드류의 보고
를 들었다.

　매일같이 있는 일이기에 론을 비롯해 정훈까지 자리를 피
했다.

　자신들도 붙들려 옆에서 한 시간가량의 보고를 듣고 싶지
는 않았다.

　앤드류는 묵묵히 준비해 온 자료들을 윤후에게 알려줬다.

　"후 씨의 공연 영상 덕분에 'Waves of anger'의 OST 판매
량이 다시 올랐습니다. 음원도 상당히 올랐고 DVD 판매량
도 올랐습니다. 그래서 주춤하던 'It's you'도 그 덕분에 다시
상승하고 있습니다."

　"그래요?"

　"네. 지금 다른 팀들과 함께 전미 순회공연을 하고 있는데
반응도 좋다고 합니다. 다음 주 뉴욕이 마지막 공연입니다."

　윤후는 파블로를 떠올리고는 피식 웃었다. 잘되어서 다행
이라는 생각이 들었다.

　"그리고 이건 보여 드려야 할 것 같아서 가져왔습니다."

　일일이 보고하는 것도 모자라 서류까지 챙겨 온 앤드류였

다. 윤후가 서류를 받아들고 읽어보니 다른 나라는 하나도 없이 한국에서 온 취재 요청만 추린 것으로 보였다.

몇몇을 제외하고는 윤후의 휴대폰 번호를 아는 사람이 드물었다.

그렇기에 한국에서 윤후와 안면이 있는 사람들부터 방송국 관계자들까지 전부 김 대표에게 연락했다.

너무 많은 연락 때문에 라온만으로는 감당이 안 됐고, 결국 앤드류에게 넘어왔다.

"다른 나라는 전부 회사에서 잘랐지만, 한국에서 온 요청은 말씀드려야 할 것 같아서 추려왔습니다."

"네, 거의 인터뷰네요."

"네, 맞습니다."

"그럼 이분들이 전부 미국으로 오는 건가요?"

"인터뷰에 응하시면 그럴 겁니다. 하지만 한국에서 온 인터뷰 요청을 응하시면 다른 나라의 인터뷰도 하셔야 합니다. 후 씨가 한국인인 건 맞지만 세계적으로 동시에 인기를 얻고 있어서 어느 쪽으로 치우치면 곤란합니다. 그리고 무엇보다 후 씨는 그동안 충분히 보여줬다고 생각합니다. 이제는 음악에 관련된 얘기가 아니면 자제하시는 편이 좋습니다."

목록에는 구 PD를 시작으로 기획사 전쟁에서 만난 김 PD를 비롯해 방송국에서 스쳐 지나간 음악 방송 PD들까지 있었다.

처음 들어보는 이름과 매체도 많았다.

목록을 보고 있던 윤후는 직접 연락을 받았을 김 대표를 떠올리고는 피식 웃었다. 안 봐도 지금 투덜거리고 있을 것이 눈에 선했다.

"지금은 인터뷰보다 후 씨가 세계의 팬들에게 가까운 모습을 느낄 수 있게 해주는 것이 맞는다고 생각했습니다. 그래서 팬들에게 간단한 글을 남기는 정도가 괜찮을 걸로 생각합니다. 여기 준비해 뒀으니 마음에 드는 걸로 고르시면 저희가 직접 SNS에서 게재하도록 하겠습니다."

"팬카페가 아니라 SNS요?"

"네, 지금 후 씨의 팔로우 수만 해도 세계에서 일 등입니다."

SNS를 안 하는 윤후였기에 신경을 끄고 있었다. 라온에서 처음 만든 SNS를 그렇게 많이 보게 될 줄은 몰랐다.

정확히 말하면 라온이 아닌 대식이 만든 계정이었다. 윤후는 대식이 떠올랐다.

얼마 전 라온에서 보낸 영상에도 보이지 않았고, 전화도 받지 않는 통에 궁금했기에 오랜만에 대식의 목소리가 그리웠다.

*　　　　*　　　　*

　다음 날, 여전히 대식이 전화를 받지 않았기에 김 대표에게 전화했다.

　하지만 돌아오는 대답은 바빠서 못 받았을 거라는 대답뿐이었다.

　전화를 끊은 윤후는 이상한 느낌이 들었다. 대식의 얘기를 하면 대답을 하긴 하지만 말을 돌린다는 느낌을 받았다.

　윤후는 소파에 앉아 TV를 보는 정훈에게 물었다.

　"아빠, 라온에 있을 때 대식이 형 보셨어요?"

　"대식 씨? 어, 봤지. 아빠가 회사에 있으면 와서 인사도 하고 밥도 같이 먹고 그랬는데."

　"그래요?"

　"왜, 무슨 문제 생겼어?"

　"아니에요. 연락이 안 돼서요."

　윤후는 김 대표가 말한 것처럼 정말 바쁜가 보다고 생각했다. 하지만 연락도 없는 대식에게 서운한 마음은 가시지 않았다.

*　　　　*　　　　*

"빅, 이거 저기로 옮겨놓으라고 했잖아."

"…왓?"

"이거, 여기가 아니라 저기!"

"아, 오케이, 오케이."

백인 남성은 손가락으로 상자를 가리키고 옮길 곳까지 정해주며 한숨을 푹푹 뱉었다.

그때, 또 다른 사람이 다가오더니 화를 내는 사람 옆에 서서 혀를 차며 말했다.

"저 자식은 말도 못 알아듣는데 어떻게 공연 팀에 합류한 거야?"

"그러게. 답답해 미칠 거 같아."

"그래도 일은 열심히 해서 다행이지. 며칠 안 남았으니까 우리가 참자."

한편, 상자를 옮겨놓고 휴식을 취하고 있던 빅은 다른 사람들이 자신을 어떻게 생각하는지 몸으로 느끼고 있었다.

그동안 쭉 사람 만나는 일을 한 터라 말은 잘 알아듣지 못해도 말에서 풍기는 느낌이 있었다.

빅은 한숨을 내쉬며 마음을 다잡았다. 그때, 저 멀리서 익숙한 얼굴이 다가왔다.

"빅, 또 여기 있어요?"

"어, 파블로. 어쩐 일이여? 아니지. What's up?"

파블로는 씨익 웃고는 다짜고짜 휴대폰을 내밀었다.

"윤후 형 지금 난리 났어요. 뉴스에도 나오고 윤후 형 얘기밖에 없어요."

"그렇구먼."

빅은 휴대폰에 나온 영상을 가만히 바라봤다.

공원 무대에서 노래를 부르는 영상이었다. 그 영상을 보며 자신도 영상 속 윤후와 같은 미소를 지었다.

'인쟈 잘 웃는구먼. 그려, 나도 더 열심히 혀야겠어.'

깊은 영상을 계속해서 돌려보고 있었지만, 계속해서 같은 미소를 지었다. 그리고 그때 또다시 자신을 부르는 소리가 들렸다.

"빅! 빅! 또 어디 갔어?"

대식은 피곤함이 가신 웃는 얼굴로 파블로를 한 번 쳐다보고는 소리쳐 대답했다.

"아임 히어! 고! 고! 고!"

*   *   *

나라마다 있는 공연을 기획하는 회사에서 윤후의 공연을 원했다.

지금 반응으로는 무조건 매진이 확실했기에 각자 자신들

의 나라에서 가장 크고 시설이 좋은 공연장을 내세웠다. 그럼에도 MFB는 꿈쩍도 하지 않고 있었다.

"일단 전부 거절하고 있습니다. 아무래도 지금 공연을 하시는 것보다 정규 앨범이 나옴과 동시에 해외 공연을 하는 게 더 좋다는 판단입니다."

매일 어김없이 삼십 분가량 보고하는 앤드류였고, 윤후는 여기에서 질문하면 시간이 더 길어진다는 것을 알기에 그저 고개만 끄덕거렸다.

그리고 보고가 끝나자 앤드류가 정훈의 방을 한 번 힐끔 보고는 테이블 위에 봉투를 올려놓았다.

"아버님이 미국에 오셔서 집에만 계시는 것 같아 준비했습니다. 저번에 후 씨의 공연 때 즐거워하시는 거 같더군요."

윤후가 봉투를 들어 내용물을 보니 공연 티켓이 들어 있었다. 총 세 장이기에 윤후는 고개를 갸웃거렸다.

"왜 세 장이에요? 한 장이 부족한 거 같은데……."

"아버님, 론, 그리고 미세스 조. 세 분 티켓입니다."

순간 윤후는 얼굴을 찡그렸다. 세 장밖에 준비하지 않은 이유를 스스로도 알았다.

자신이 움직인다면 또다시 많은 사람들이 함께 움직이게 될 것이다.

아쉬워하며 티켓을 쳐다봤다.

며칠 전 앤드류가 말한 파블로 부자를 비롯해 MFB의 가수들로 이루어진 공연이었다.

아쉬움에 티켓을 만지작거릴 때 앤드류가 고개를 갸웃거렸다.

"혹시… 티켓이 세 장이라 서운하신 겁니까?"

"아니요."

"오해하실까 봐 말씀드리는데 세 분은 무대 제일 앞입니다. 다만 후 씨는 객석에서 보시면 안전상 문제가 있을 수 있어서 지와 힘께 2층 관계자실에서 보시면 됩니다. 좀 멀기는 하지만 괜찮을 겁니다."

"정말요?"

"네? 크흠. 네."

앤드류는 갑자기 신나 보이는 윤후의 모습에 당황했다.

어차피 공연장 전체를 회사에서 관리하기에 다른 곳으로 가는 것보다 훨씬 안전하고 큰일도 아니었건만 어린아이처럼 좋아하고 있었다.

"그렇게 좋으십니까?"

"네! 다른 사람이 공연 하는 거 한 번도 못 가봤거든요."

앤드류는 윤후의 모습이 당황스러운지 머리를 긁적였다.

*　　　　*　　　　*

다음 날, 공연장에 도착한 윤후는 일행과 떨어진 자리가 아쉽기는 했지만, 지금의 자리도 충분히 만족스러웠다.

관계자실에는 윤후와 앤드류, 그리고 윤후의 뒤에 서 있는 경호원뿐이었다.

그리고 지금 이 자리도 앤드류가 자신을 위해 준비해 놓은 것처럼 보였다.

무슨 보스라도 되는 듯 커다란 소파가 부담스럽기는 했지만, 좀 더 편안하게 볼 수 있어 만족스러웠다.

그리고 객석의 조명이 꺼지며 첫 번째 팀이 무대에 올랐다.

윤후는 처음 보는 다른 사람의 공연에 대한 기대감으로 무대에서 눈을 떼지 못했다.

첫 번째 팀은 록밴드였다.

다만 윤후가 들어보지 못한 음악이었다. 가수가 되고 난 뒤에도 틈틈이 음악을 듣긴 했지만 예전처럼 하루 종일 들을 수는 없는 탓이다.

그것을 스스로도 느끼는지 피식 웃고는 노래에 집중했다.

잠시 뒤 노래가 끝나자 앤드류가 손에 들린 서류를 보며 윤후에게 말했다.

"이번 순회공연에 오프닝 담당인 퓨엘이란 팀입니다. 저도 공연 팀이 아니라 잘은 모릅니다. 실력이 약간 부족하지만, 팀이 내뿜는 이미지가 상당히 밝아 관객들도 좋아한다는 평입니다."

윤후도 동감한다는 듯 고개를 끄덕거렸다.

하지만 팀이 내뿜는 기운에 비해 곡이 너무 아쉬웠다.

"곡이 너무 번잡스러워요. 마치 정리를 하다 만 것 같은 느낌. 그게 보컬이 밴딩 할 때마다 기타하고 드럼이 자연스럽게 이어가야 하는데 보컬을 강조하려고 브레이크를 수시로 걸이시 오히려 빈잡스럽게 들려요."

앤드류는 윤후를 가만히 쳐다봤다.

서류에 적혀 있는 단점을 마치 미리 보기라도 한 사람처럼 말하고 있었다.

다만 서류에는 이유까지 적혀 있지는 않았다.

앤드류는 윤후가 한 말을 그대로 종이에 옮겨 적었다.

그 뒤로도 다른 가수들의 무대를 볼 때마다 아쉬움을 뱉는 윤후였다.

공연이라고 해서 큰 기대를 하고 왔는데 생각한 것보다 굉장한 느낌은 아니었다.

그렇지만 밑에서 열광하는 사람들 때문인지 잘못된 점을 생각하지 않고 들으면 즐겁기는 했다.

그리고 기다리던 크리스티안이 무대에 올랐다. 오랜만에

보는 터라 반가워 무대에 집중했다.

상당히 깔끔해진 외모였고, 윤후 자신이 줄곧 하던 무대처럼 기타 한 대만 들고 무대에 올랐다.

그리고 시작된 노랫소리에 윤후는 공연 중 처음으로 만족해하는 미소를 지었다.

신기했다.

다른 노래는 별론데 유독 'It's you'만 부르면 자신으로서도 따라하지 못할 것 같은 느낌이 들었다.

지금 이 한 곡만으로도 공연장에 온 이유는 충분했다.

정말 만족스러웠는지 윤후는 노래가 끝나자 일어서서 박수까지 보냈고, 밑에 있던 관객들도 마찬가지였다.

"영화 상영 이후부터 줄곧 30위권에 머물다가 최근에야 20위권에 올랐습니다. 현재 MFB 순회공연에서 가장 인기가 있다고 쓰여 있습니다."

윤후는 알고 있다는 얼굴로 씨익 웃으며 무대를 바라봤다. 그리고 무대에서 말하는 크리스티안을 봤다. 연습을 많이 했는지 영어로 말하고 있었다.

외운 것처럼 보이긴 했지만, 자신처럼 변해가는 크리스티안의 모습에 윤후는 기분이 좋은지 미소를 지었다.

"공연 끝나고 크리스티안 씨 볼 수 있어요?"

"네, 어차피 후 씨는 관객들이 빠져나가고 가셔야 해서 만

나볼 수 있습니다."

윤후는 미소를 지으며 고개를 끄덕이고는 다음 무대에 집
중했다.

$*$ $*$ $*$

공연이 끝나고 나자 남은 건 스태프들을 제외하고 윤후와
윤후의 일행이 전부였다.

정훈은 생각보다 지루했던 모양이다.

"알아듣지도 못하는 노래를 들으려니까 졸려서 죽을 뻔했
어."

"앤드류 씨가 제 공연 때 좋아하셔서 준비한 거예요."

"그건 아들 노래니까 좋은 거고. 지겨워했다고 앤드류한테
말하지 마. 성의는 고맙잖아. 하암."

유일하게 알아듣는 은주가 웃으며 따라왔고, 론은 가수들
에게 사인을 받으려는지 어디선가 구해온 A4 용지를 안고 있
었다.

그렇게 일행은 앤드류의 뒤를 따라갔고, 바쁘게 정리하는
스태프들을 지나쳐 갈 때 조금 떨어진 곳에서 누군가를 나
무라는 소리가 들렸다.

"빅, 또 박스 잘못 옮겼잖아! 아, 미치겠네! B 창고로 갈 걸

왜 D 창고 차에 실어! 아, 됐다. 차에 가서 옮겨주는 거나 정리해."

그러자 구박을 받은 빅이라는 사람이 이해했다는 듯 손을 올리며 밖으로 나갔다.

그 모습을 본 윤후는 그 자리에서 멈춰 서서 사라지는 사람의 뒷모습을 봤다. 그러고는 옆에 있는 정훈에게 물었다.

"대식이 형 아니에요?"

"어? 잘못 봤겠지. 대식 씨 한국에서 봤다니까."

윤후는 고개를 저었다. 누가 뭐래도 대식이 확실했다.

하지만 도대체 대식이 왜 이곳에 있는지 이유를 알지 못했다.

앤드류를 봤지만, 앤드류도 모르는 일인지 생각에 잠긴 표정이었다. 그때, 대식을 나무라던 사람이 고개를 저으며 윤후 쪽으로 다가오고 있었다.

"저기요."

윤후의 부름에 걸음을 멈춘 사람은 앤드류를 확인하고는 곧장 인사를 건넸다. 그러자 앤드류가 질문하려는 윤후를 말리고 자신이 물었다.

"좀 전에 저분은 이름이 어떻게 됩니까?"

"네? 누구……."

"당신이 혼내던 사람 말입니다."

"빅이요? 아, 제가 알아서 정리하겠습니다. 일을 제대로 못해서……."

윤후는 얼굴을 찡그렸다. 빅이라면 파블로가 대식을 부르는 이름이다.

대식이 맞는다는 생각이 들자 앞에서 정리한다고 말한 사람이 곱게 보이지 않았다. 그리고 대식이 왜 그런 소리를 들으며 이곳에 있는 것인지 이해가 되지 않았다.

그때, 복도를 뛰어가는 익숙한 얼굴이 보였다.

"파블로!"

"어? 윤후 형? 어, 윤후 형!"

윤후는 자신을 보며 반갑게 다가오다 말고 곤란한 얼굴로 바뀌며 주위를 살피는 파블로를 봤다.

주변에 있던 사람들이 의아한 얼굴로 윤후를 살폈다.

그런 윤후가 파블로를 보자마자 질문을 던졌다.

"대식이 형이 왜 여기 있는 거야?"

"빅? 봤어요? 아, 보면 안 되는데……."

*   *   *

오랜만에 보는 파블로 부자였지만 윤후의 신경은 온통 대식에게 향해 있었다. 그리고 지금 파블로가 하는 말을 어떻게 받아들여야 하는지 쉽게 정리가 되지 않았다.

그때 윤후의 부탁으로 따로 알아보러 나간 앤드류가 들어왔다.

"대식이라는 사람이 맞습니다. 보스께서 직접 공연 팀에 넣으셨다고 합니다. 본인이 그걸 원했다고 합니다. 일단 보스가 전화 연결을 해달라고 하셨는데 받아보시겠습니까?"

"네."

거기까지는 파블로에게 들어서 알고 있었다. 영어를 배울 거면 한국에서도 배울 수 있는데 왜 이곳까지 와서 고생하는지 마음이 좋지 않았다.

그러는 사이 앤드류가 콜린과 연결됐는지 휴대폰을 건넸다.

―윤후, 오랜만입니다.

"네, 대식이 형을 이곳에 있게 하신 게 콜린 씨라고요?"

윤후의 날 선 질문에 콜린이 신음을 뱉었다. 그러고는 조심스럽게 말을 뱉었다.

―처음부터 본인이 그걸 원했습니다. 미국에선 공연이 어떻게 이루어지고 어떤 준비를 해야 하는지 견학이 아닌 직접 몸으로 느껴보고 싶다더군요.

윤후는 대식이 왜 그랬는지 이유를 말하지 않아도 어렴풋이 느껴졌기에 대답 없이 콜린의 말을 듣기만 했다.

─힘들 거라고 몇 번 말했지만 워낙 강력하게 본인이 하고
싶다고 하더군요. 저도 윤후 씨와 가까운 사람이라 고민스러
웠는데 저희가 받아주지 않았으면 다른 곳이라도 가려는 모
습이었습니다. 그게 한국에서 있던 대화입니다.

　그 뒤로도 콜린의 해명은 계속되었다.

　윤후도 콜린의 잘못이 아니란 걸 알고 있었지만 속상한
마음은 가시지 않았다.

　─윤후 씨가 한국의 라온으로 돌아갈 때 물론 돌아가겠
죠. 하하! 아무튼 그때 윤후 씨에게 힘이 되고 싶어 했습니
다. 전에 미국에 왔을 때 아무것도 몰라 오히려 자신이 짐이
되었다면서 그저 운전만 한 것을 속상해하더군요.

　말투는 약간 까칠하지만 항상 자신을 아껴주는 대식의 마
음을 알고 있었다.

　그것만으로도 충분했는데 자신을 위해 고생을 해가며 무
언가를 배우려 한다는 말에 고마운 마음과 미안한 마음이
같이 들었다.

　─윤후 씨에게 말하지 않은 이유는 대식 씨가 그걸 원했
습니다. 알면 신경 쓸 게 분명하다고요. 지금 보면 대식 씨의
말이 정확했고요. 그리고 이번 공연이 끝나면 저희 소속이
아니다 보니 외부 인력으로 크리스티안의 팀에 합류할 예정
입니다. 딱 그 정도까지만 받아들이더군요.

"네, 감사합니다."

─그리고 아무래도 못 본 척하시는 게 좋을 것 같습니다. 알리고 싶었으면 먼저 말하지 않았겠습니까? 아무래도 공연 팀부터 하려는 것도 윤후 씨에게 부담을 줄까 봐 그러는 건가 싶고요.

윤후는 대식을 만나보려 했지만, 콜린의 말대로 숨길 생각이 아니라면 처음부터 미리 말했을 것이다.

대식에 대해 물을 때면 말을 흐리던 김 대표도 그렇고 혹시나 자신에게 피해를 줄까 조심스러워하는 것이 느껴졌다.

그리고 그때 크리스티안의 대기실 문을 두드리는 소리가 들렸다.

"파블로, 나여. 스타트여. 고 홈!"

그러자 대기실 안에 있던 윤후는 자리에서 벌떡 일어서서 고개를 빠르게 돌리며 두리번거렸다.

그러고는 앉아 있는 정훈마저 이끌고 옷이 걸린 행거 뒤로 숨었다.

정훈도 얘기를 들었기에 마지못해 윤후가 하는 대로 이끌려 갔고, 그러자 파블로가 대기실 문을 열었다.

"아, 손님이 계셨구먼. 쏘리. 타임이 얼마나… 하우 타임?"

윤후는 옷 틈새로 영어로 말하려고 노력하는 대식의 모습을 지켜봤다.

몸짓까지 하면서 의사소통을 하려는 대식의 얼굴은 그래도 밝아 보였다. 그런 대식은 방 안의 손님을 확인하고는 곧장 방을 나섰다.

아주 짧은 시간이었지만 대식을 본 윤후의 표정이 좋지 않았다.

다들 윤후가 왜 숨은 건지 모르는 얼굴로 바라봤고, 윤후는 생각에 잠겼다.

한국에서도 자신의 일을 보느라 사생활이 거의 없는 대식이었는데, 지금은 자신이 몰아살 날을 대비해 이국땅에서 고생하고 있었다.

그저 영혼들의 흔적만 찾느라 그동안 자신의 옆에 있던 사람들을 잊고 지낸 것 같은 마음에 미안했다.

대식에게만 그런 것이 아니라 한국에 있는 라온 식구들 모두에게 미안한 마음이다.

*　　　　*　　　　*

며칠 뒤, 파블로는 크리스티안의 팀으로 합류한 대식과 함께 있었다.

크리스티안이 많은 나이임에도 윤후의 조언대로 기타 연주를 연습하는 덕분에 대식은 오랜만에 여유가 있었다.

노트를 펴고 휴대폰으로 윤후의 기사를 살펴보며 모르는 단어들을 노트에 옮겨 적었다.

그 모습을 본 파블로는 윤후가 알고 있다는 것을 숨기는 것 같아 찜찜한 기분이었다.

"빅, 윤후 형… 사실……."

"쉿."

대식이 검지를 입에 가져다 대고 미소 지었다. 그러고는 파블로의 머리를 쓰다듬었다.

"아이 노우. 오케이?"

"알아요? 윤후 형이 아는 거 안다고요?"

대식은 파블로의 말을 알아듣고 고개를 끄덕거렸다.

'어떻게 몰러. 그 양반이 윤후 데리고 있는 걸 뻔히 아는디. 그리고 숨으려면 제대로 숨지 다리가 다 보이는디 그것도 숨은 거라고. 참 웃기는 놈이여.'

그날 대식은 사실 대기실 문을 열고 앤드류의 얼굴을 본 순간 적잖이 놀랐다.

자신을 대신해 한국에서부터 줄곧 봐왔기에 지금 윤후를 책임지고 있는 앤드류의 얼굴을 알았다.

게다가 처음 미국에 왔을 때 윤후와 함께 식사 대접까지 해준 은주도 함께 있었다.

윤후도 있지 않을까 방을 둘러보다 행거 밑으로 나와 있는 발을 보았다.

자신의 얘기를 들었기에 숨은 것이라 생각했다.

그래서 대기실을 빠르게 나섰다. 들킨 것이 왠지 부끄럽기
는 했지만 다행이라는 생각도 들었다.

음식도 입에 맞지 않고 영어도 더디게 느는 것만 같아 흔
들리고 있었는데 윤후에게 들킨 이상 그만둘 수 없었다.

파블로는 알고 있으면서도 모른 척하는 대식이나 대기실에
서 행거 뒤로 숨던 윤후나 쉽게 이해가 가지 않았다.

"빅, 내외해?"

"그런 건 또 어디서 들은 겨? 내가 한국 드라마 보지 말라
고 혔잖여!"

내외란 말을 생각한 대식은 붉어진 얼굴로 자신도 모르게
한국말을 하며 고개를 돌렸다.

＊   ＊   ＊

집으로 돌아온 윤후는 늦은 시간임에도 김 대표에게 전화
를 걸었다. 물론 대식의 말은 쏙 빼놓고 그저 일상적인 대화
만 나눴다.

물론 김 대표는 앓는 소리만 했지만, 윤후는 그것마저도
미소를 지으며 들었다.

그러고는 다행히 한국이 낮인 덕분에 회사 사람과 전부 통화한 뒤에야 전화를 끊었다.

통화가 만족스러웠는지 윤후는 미소를 지었고, 미국에 와서 처음 만든 'Wait'를 재생했다.

처음 온 아파트인 지금 이곳에서 만든 곡이다. 그리고 그 노래를 들으니 미국에 올 때의 마음이 다시 느껴졌다.

윤후는 방 안을 한 번 둘러보고는 피식 웃으며 컴퓨터가 아닌 펜을 들고 종이 위에 글을 적기 시작했다.

그동안 완성하지 않은 가사를 적는 것이다.

한국에서 자신을 기다리는 사람들을 떠올리며.

기타 할배, 음악 감독 아저씨, 백수 아저씨, 에릭 아저씨, 그리고 딘까지 모두 소중했지만 한국에 있는 사람들도 소중했다.

정신없이 가사를 써 내려갔고, 그 가사를 읽어본 윤후는 왠지 부끄러운 마음에 코를 씰룩였다.

"안녕. 웃으며 건네던 작별의 인사죠. 하지만 돌아가서도 웃으며 건넬 말 안녕… 보고 싶겠지만 기다려 줄래요? 잠깐이에요. 금방 돌아갈 테니. 흠, 이상한데……."

가사를 바꿔봤지만 처음에 적은 가사 말고는 원하는 느낌이 나지 않았다.

그리고 한국어만 가지고 있는, 같은 단어라도 다른 용도로 사용되는 단어들 때문에 곤란했다.

윤후는 한참이나 가사가 적힌 종이를 들여다보며 머리를 긁적였다. 가사에 넣은 한글을 빼고 싶지 않았다.

노래를 들을 라온 식구들을 떠올리자 왠지 간지럽다고 놀릴 것 같았다. 특히 김 대표.

"말 안 하면 모르지 않을까? 알까?"

놀릴 것이 걱정되긴 했지만 지금 자신의 마음을 가장 잘 담은 가사였기에 윤후는 결정한 듯 종이를 책상 위에 뒤집어 놓았다.

그러고는 늦은 시간임에도 곧장 앤드류에게 전화를 걸었다.

ㅡ네, 지금 가겠습니다.

하루 종일 자신의 표정을 관찰하는 앤드류였기에 걱정하고 있던 모양인지 당장 오겠다고 말했다.

윤후는 피식 웃음이 나왔다.

앤드류도 자신을 아껴주는 소중한 사람이었다. 윤후는 좀 더 부드러운 목소리로 입을 열었다.

"그런 거 아니에요. 내일 스튜디오 써도 돼요?"

ㅡ네, 물론입니다. 제가 준비해 놓겠습니다.

"네, 그럼 내일 낮에 갔으면 해요."

ㅡ네, 오후 2시까지 가겠습니다. 괜찮으십니까?

"네."

윤후는 잠시 머뭇거리다가 입을 열었다.

"고맙습니다, 앤드류 씨."

—……

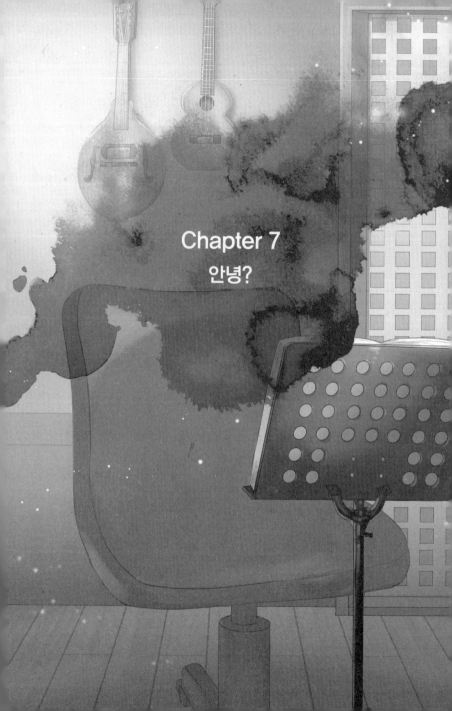

Chapter 7

안녕?

녹음실에 있는 앤드류는 평소와 다른 윤후의 모습에 의아한 얼굴로 부스 안을 쳐다보았다.

녹음실을 지키는 제이콥도 신기한지 고개를 갸웃거렸다. 윤후의 녹음을 가끔 봤지만 이렇게 오래 하는 경우는 처음이었다.

윤후가 부스 밖으로 나오자 앤드류가 물을 건넸다.

"어디가 마음에 안 드십니까?"

"그냥요……."

윤후는 헤드셋을 끼고 조금 전에 녹음한 노래를 들었다.

지금까지 자신의 노래라 상대방에게 하고 싶은 말을 해왔는데, 이번만큼은 부끄러운 느낌이 들었다.

아무래도 가사 때문인 것만 같아 가사를 바꾸려 했지만, 몇 줄 바꾸는 것만으로도 감정이 죽었다.

그때 제이콥이 노래를 듣다 말고 고개를 갸웃거렸다.

"너무 부드럽게만 들리네."

윤후는 그럴 수도 있겠다고 생각하며 다시 노래를 들었다.

처음 곡을 만들 당시에는 성공해서 돌아갈 테니 기다리라는 느낌이었는데 지금 자신은 그 느낌보다 보고 싶다는 느낌이 더 강하게 부른 듯했다.

제이콥이 다시 입을 열었다.

"좀 더 호탕할 때는 호탕하게, 애절할 땐 애절하게 부르는 편이 나을 것 같은데."

"그래요?"

윤후는 생각보다 실력이 있는 것 같은 제이콥이 새롭게 보였다. 제이콥의 말에 귀를 기울였고, 제이콥이 가사가 적힌 모니터를 보며 말했다.

"군인이면 군인답게!"

"군인이요?"

"네, 군인! 가사 보니까 파병 가는 군인들의 마음을 대변한 것 같은데 그러면 좀 더 호탕하게 부르는 게 맞죠?"

"아닌데요?"

윤후는 제이콥을 보며 인상을 찡그렸고, 앤드류가 고개를 저으며 제이콥을 데리고 나갔다.

하지만 군인이 아니더라도 보고 싶은 사람들에게 기다리 라는 마음은 같을 것이다.

윤후는 직접 쓴 가사를 보며 김 대표를 비롯해 라온의 식 구들을 떠올렸다.

지금도 통화만 하면 안부를 묻는 회사 사람들이기에 그들 이 노래를 듣고 알아들을 수 있게 좀 더 강하게 부르는 편이 좋을 것이라 생각했다.

그리고 보고 싶은 마음을 나타내는 부분에서는 애절함을 조금 절제하는 편이 어울릴 듯했다.

그런 부분을 종이에 직접 써서 한참을 보고는 고개를 끄 덕거렸다.

그때 밖에 나간 앤드류가 제이콥을 데리고 들어왔다.

"오늘은 컨디션이 안 좋으신 거 같은데 이만 쉬시죠."

"아니에요. 제이콥 씨, 엔지니어 좀 봐주세요."

부스 안으로 들어간 윤후는 MR을 틀어달라는 신호를 보 냈다.

헤드셋으로 노래가 들리자 윤후는 라온에서 지내던 생활 을 떠올리며 피식 웃었다.

안녕. 웃으며 건네던 작별의 인사죠
하지만 돌아가서도 웃으며 건넬 말 안녕

시작은 가볍게 들렸다.

원래 윤후가 하던 음악 그대로 기타 연주 하나로 노래를 불렀다. 그런데 안녕이란 한국어가 주는 느낌이 묘했다.

윤후 때문에 한국어를 공부하고 있는 앤드류나 음악 감독 아저씨의 친구이던 제이콥은 안녕이란 말을 들어봤음에도 굉장히 가슴을 간질간질하게 만든다고 생각했다.

지금은 이별하지만 반드시 다시 만날 수 있다는 의지 같은 것도 느껴졌다.

하지만 무겁지 않고 굉장히 자연스럽게 느껴졌다.

곡에 또렷하게 힘을 주는 부분이 없음에도 곡 전체가 임팩트 있게 느껴졌다.

그리고 윤후가 노래를 마치고 만족한 얼굴로 부스를 나오자 제이콥이 박수를 치며 일어서더니 윤후를 끌어안았다.

"와! 아니욘? 정말 오랜만에 듣는다. 아니욘? 예전엔 빈센트가 매일 해줬는데. 아니욘?"

"아니욘이 아니고 안녕이요."

제이콥은 곡이 상당히 마음에 들었는지 계속 발음도 안

되는 안녕을 해댔고, 그 모습을 보는 앤드류도 이해하는 듯 고개를 끄덕였다.

지금 자신만 하더라도 속으로 안녕을 해보는 중이다.

"근데 앤드류 씨."

"아녕… 헙! 네……."

앤드류는 붉어진 얼굴로 헛기침을 하고 윤후를 바라봤다.

윤후는 피식 웃고는 입을 열었다.

"이 곡도 'Lon'처럼 활동 안 하고 싱글로 내도 돼요?"

"음, 천천히 하셔도 됩니다. 지금 녹음하셔도, 정규 앨범에 수록하셔도 됩니다."

"그게 아니라… 들려주고 싶어서 그래요."

앤드류는 이해했다는 듯이 고개를 끄덕였다.

회사로서는 'Lon'이 굉장한 인기를 끌고 있기에 오히려 감사한 제안이었다.

'Lon'처럼 힘들이지 않아도 홍보가 될 것이다.

음원 사이트에 미니 앨범처럼 'Lon'의 밑에 자리하게만 놔둬도 들을 것이 분명했다.

하지만 'Lon'의 인기에 묻힐 우려도 있기에 걱정스러웠다.

물론 묻힐 만한 곡은 아니었다.

"잘못하면 노래가 빛을 보지 못할 수도 있습니다."

"괜찮아요. 그냥 안부 인사예요."

앤드류는 자신조차 따라 하게 만든 곡을 그저 안부 인사로 치부하는 윤후의 모습에 기가 막히는지 헛기침을 했다.

그래도 싱글로 발표하는 김에 론의 인기가 시들 때쯤 발표하는 것이 좋을 것 같았다.

하지만 윤후 본인이 상관없다고 하니 앤드류로서는 고개를 끄덕거릴 수밖에 없었다.

*   *   *

녹음한 'Wait'를 콜린에게 들려줬고, 콜린은 그저 웃으며 알아서 하라고 했다. 윤후의 팀에게 들려준 결과 모두가 '안녕'을 하는 중이다.

"이 곡, 묘하게 중독성 있네요. 처음 들을 때는 '안녕'이 뭘까 했는데 가사에 집중해서 듣다 보니 들으면 들을수록 또 듣고 싶어져요."

"동감! 진짜 그래. 'Lon'은 정말 신나고 기분 좋게 만들었다면 이건 뭔가 묘해. 어떻게 설명해야 좋지?"

그러자 앤드류가 윤후에게 아파트를 처음 소개해 준 날을 떠올리며 피식 웃고 말했다.

"돈 벌어 올 테니까 잘 기다리고 있으란 느낌."

"어, 그러고 보니 그런 거 같기도 하네. 어? 팀장님!"

농담을 던진 앤드류의 모습에 팀원들은 혀까지 내밀며 놀랐고, 앤드류는 또다시 헛기침을 뱉으며 말했다.

"크흠, 그것보다 이 곡을 어떻게 하면 좋겠어?"

"이벤트를 한 번 더 하는 건 어떨까요?"

"그건 안 돼. 지금 이벤트 끝난 지도 얼마 되지 않았는데 자칫 잘못하면 가수에게 실력보다 기획으로 승부 본다는 이미지를 심어줄 수 있어."

"활동도 안 하는 데……."

"활동은 앨범이 나오면 할 거니까."

다시 원래대로 돌아온 앤드류의 모습에 팀원들은 자세를 고쳐 잡고 의견을 내놓았다.

"아무래도 'Lon'이 지금 빌보드 1위인데… 좀 내려오고 나서 홍보하는 게 도움이 될 것 같은데요?"

"흠, 언제까지 'Lon'만 알릴 거야?"

"원래 그렇잖아요. 1위곡이 있으면 1위곡의 누구라고 불리는 게 당연하죠."

활동도 안 하는 데다 윤후는 이미 'Lon'이 있었다.

팀원들의 말대로 이미 빌보드 1위에 자리하고 있는 노래가 있었다. 그래서 무얼 하더라도 'Lon'의 윤후라고 불렸기에 'Wait'를 홍보하기가 쉽지 않았다.

그건 다른 곡을 내더라도 마찬가지일 것이다.

순식간에 떠버린 만큼 이미지가 강하게 각인되어 버렸다.

팀원들이 의견을 내놓긴 했지만 앤드류는 모두 마음에 들지 않는다는 듯 팀원들에게 시간을 주기로 하고 오늘도 보고하기 위해 자리에서 일어섰다.

*　　　　*　　　　*

녹음을 마치고 돌아온 윤후는 곧장 정훈을 비롯해 론과 은주에게 'Wait'를 들려주었다.

그리고 아파트에 있는 네 사람 중 유일하게 백인인 론만이 제이콥처럼 시도 때도 없이 '안녕'을 해댔다.

"안녕!"

"와, 론, 엄청 잘하는데?"

"그래? 안녕? 약간 어렵긴 한데 재미있어. 아빠하고 엄마가 이것도 알려주셨어. 안녕하세요?"

론은 정훈을 아빠라고 부르며 따랐고, 정훈도 아들 하나 더 생겼다고 무척이나 잘 대해줬다.

은주에게는 엄마라고 불러서 분위기를 이상하게 만들긴 했지만, 론이 즐거워하는 모습에 윤후도 웃었다.

론이 기대하는 얼굴로 윤후에게 물었다.

"그럼 이제 앨범도 나오는 거야?"

"아니, 아직. 몇 곡 더 써야 해."

"그래? 노래 많던데. 한국에서 부른 것도 앨범에 넣는다며."

윤후는 고개를 끄덕였다. 그때 론이 주방의 냉장고에서 메모지를 떼어와 무언가를 적기 시작했다.

"여섯 곡에다가 '스마일', 'Lon', '빈센트', 그리고 'Wait', '어때?'까지 벌써 열한 곡인데?"

윤후는 자신의 곡을 전부 적는 론의 모습에 기분 좋은 미소 짓고 펜을 쥐었다.

"'어때?'는 안 들어가. 그러니까 열 곡."

"아, 그래?"

윤후는 론이 적은 목록을 가만히 바라봤다.

왼쪽에 첫 미니 앨범에 수록된 여섯 곡이 적혀 있고, 오른쪽에는 그 외의 것을 적어놓았다.

약속. 스마일.

너라서 좋았어. 빈센트.

눕고 싶어. 어때?

조각. Lon.

감사. Wait.

전부 짝이 있는 반면 딘과 함께 만든 'Feel my heart'만 짝이 없이 외롭게 있었다.

목록을 한참이나 바라보던 윤후는 딘에게도 맞는 노래를 찾았으면 좋겠다고 생각했다.

그리고 백수 아저씨의 곡에도 '어때?'는 앨범 계획에 없던 곡이다.

하지만 모든 곡이 적혀 있는 종이를 보니 따로 빼놓고 싶지 않았다.

그때 앤드류가 들어왔다.

윤후는 목록을 힐끗 보고는 앤드류를 바라봤다.

"저기, 제 앨범 말인데요."

"네, 무슨 문제 있습니까? 곡이 안 써지셔도 지금 'Lon'이 인기를 끌고 있으니 여유가 있습니다."

"그런 게 아니라요, 앨범에 들어갈 곡 순서를 이렇게 할 수 있나요?"

윤후는 종이에 적힌 순서대로 숫자를 매긴 뒤 앤드류에게 보여주었다.

그러자 종이를 들여다보던 앤드류가 고개를 끄덕거렸다.

앨범 콘셉트에 맞게 곡 순서를 정하는 건 회사에서 하는 일이지만, 윤후는 모든 곡을 직접 쓰고 직접 불렀기에 오히려 곡은 윤후가 더 잘 알 것이다.

종이를 보던 앤드류는 알겠다고 고개를 끄덕거렸고, 그걸 본 윤후는 다시 조심스럽게 입을 열었다.

"그리고 '어때?'도 넣었으면 좋겠어요."

"흠, '후아유' 곡 말씀이십니까?"

"네, 꼭 넣었으면 좋겠어요."

"리메이크하실 생각입니까?"

"아니요. 같이 부른 그대로요. 가사만 영어로 바꿀게요."

그것까지는 생각하지 못한 앤드류였다.

하지만 후아유의 멤버들이 전부 윤후가 있던 라온의 소속 임을 알기에 다소 번거롭기는 해도 거절하지는 않을 것 같았 다.

일단 알아보겠다고 전한 앤드류는 종이에 적힌 것들을 그 대로 옮겨 적었다.

그러고는 오늘도 어김없이 윤후에게 보고를 시작했다.

∗   ∗   ∗

회사로 돌아오자마자 앤드류는 곧바로 한국에 있는 최 팀 장에게 전화를 걸었다.

일을 빨리 처리해서 윤후의 걱정을 없애주는 것이 자신이 할 일이었다.

통화 연결이 되었다.

가끔 윤후 때문에 통화할 때면 서로 필요한 대화만 하기에 굉장히 간단했지만, 지금은 얘기가 길어졌다.

기존 곡이라고는 하나 현재 빌보드 1위 가수의 앨범에 참여하는 일이기에 최 팀장도 조심스러워 보였다.

그리고 확답까지는 아니지만 긍정적인 반응이었기에 앤드류도 만족스러워했다.

─그럼 이제 윤후 앨범이 곧 나오겠군요.

"아직입니다. 지금 'Lon'도 아직 인기가 좋아서."

앤드류는 말을 하다 말고 이벤트를 비롯해 윤후에 관련된 일을 새롭게 처리하는 라온이라면 어떻게 생각할까 궁금해졌다.

큰 기대는 없었지만 앤드류는 조심스럽게 얘기를 꺼내놓았다.

─하긴 저도 그렇게 생각합니다. 한국에서도 어느새 윤후 하면 다른 곡은 전부 잊혀지고 'Lon' 얘기밖에 안 나오니까요. 그게 인기 있는 곡을 가진 가수의 숙명 아니겠습니까?

"그렇죠."

그때, 전화 너머로 한국말이 들려왔다.

─누구야? 영어로 말하는 거 보니까… 윤후? 제이? 루아? 대식이 새끼는 한국말로 하기 싫다고 전화도 안 하니까 그놈

은 아닐 거고.

─윤후입니다. MFB에서 온 전화입니다.

최 팀장은 지금 얘기를 자신의 대표라는 사람에게 해도 되느냐며 양해를 구했다.

대표라는 사람을 한국에서 마주하기도 했고 윤후를 아끼는 사람이라는 것을 알기에 승낙했다.

잠시 뒤 한국말이 들렸다.

─윤후가 활동할 놈도 아닌데 그럼 뭐 음원 사이트에만 올리잖아. 그럼 간단하지. 한국에서도 많이 하잖아. 음원 사이트에 전부 올려놓고 하나씩 공개하는 거지. 궁금해 죽으라고. 앨범 제목까지 딱 있는데 수록곡 중 하나가 'Lon'이야. 그리고 나머진 다 회색으로 못 들어. 궁금하잖아. 나 같아도 뭔 노래인지 궁금하겠구만. 그리고 거기 앞에다가 한국처럼 Title이라고 붙여놓으라 그래. 그럼 사람들이 그럴 거 아니야. 'Lon이 타이틀 아니야? Lon보다 좋다고?'라고 말이야.

상당히 오래 들려왔지만 무슨 말인지 몰랐기에 앤드류는 엄청 궁금한 얼굴이었다.

최 팀장이 통역을 해주었고, 그걸 들은 앤드류는 상당히 놀랐다. 도대체 한국에는 어떤 사람들이 있길래 저런 생각을 가지고 있는 사람이 허름한 기획사를 운영하는지 궁금했다.

"대단하십니다."

―네, 대단하신 분입니다.

"한국에 가게 되면 꼭 인사드리러 가겠습니다."

최 팀장에 이어 앤드류도 김 대표를 굉장하다고 생각하며 지금 들은 얘기를 팀원들에게 꺼내려 모두 불러 모았다.

전해 들은 그대로 팀원들에게 다시 말했다.

"그러려면 앨범 제목부터 있어야겠는데요?"

"전부 곡은 들어봤지?"

"한국어로 된 것밖에 못 들어봤죠."

"그래, 그거라도 괜찮으니까 각자 제목 생각해서 오늘 퇴근 전까지 보고서 올려. 나는 후 씨와 의논하러 갈 테니까."

팀원들은 익숙하다는 듯이 곧바로 머리를 모았다.

*   *   *

윤후는 하루에 두 번씩이나 보고를 하러 온 앤드류의 말을 들으며 생각에 잠겼다.

앤드류의 말대로 제목을 어떻게 해야 할지 고민되었다.

미니 앨범에서 이미 'Sixth Sense'를 사용했기에 그건 제외되었다.

그리고 무엇보다 자신의 곡을 정해둔 종이에는 아직 한 자리가 비어 있었다.

왠지 제목을 정한다고 하니 딘을 빼놓고 하는 것 같아 꺼려졌다.

"굳이 지금 말씀 안 하셔도 됩니다. 내일 팀원들과 회의해서 나온 제목들을 가지고 다시 얘기하시죠."

"제목을 당장 정해야 하나요?"

"그건 아니지만 앨범이 지향하는 것을 알 수 있도록 제목이 있는 편이 좋습니다."

앤드류는 론을 만난 뒤 볼 수 없던 윤후의 그늘진 얼굴을 볼 수 있었나.

분명 이유는 있지만 자신에게 말 못 할 무언가가 있다고 느껴졌다.

궁금하기는 했지만 자신이 관리하는 연예인을 곤란하게 만들 수는 없기에 입을 다물고 자신이 준비한 제목들만 바라봤다.

윤후도 앨범에 제목이 필요하다는 것은 알았다.

단지 과할 정도로 자신의 의견을 수긍하는 앤드류였기에 아무 말도 없자 미안한 마음이다.

"혹시 제목을 썼다가 바꿀 수도 있나요?"

윤후의 질문에 수첩을 보던 앤드류는 그럴싸하다고 생각했다. 앨범을 발매하기 전까지만 제목을 정한다면 큰 문제는 없었다.

윤후의 생각을 들어보려고 수첩을 덮을 때, 곡 목록을 옮겨 적은 제일 위에 자신이 써놓은 단어가 보였다.

Imperfect.

단어를 보고 있던 앤드류의 머리가 빠르게 돌아갔다. 윤후가 말한 대로 제목을 차후에 바꿀 수도 있고, 사람들의 관심을 끌 수도 있을 것 같았다.

윤후에게 자신의 생각을 말하기 시작했다.

*   *   *

며칠 뒤, 음원 사이트의 'Lon'에 작은 변화가 있었다.

싱글 앨범에 수록되었기에 첫 번째 순서에 있어야 하는데 여덟 번째 자리에 위치해 있었다.

그렇다고 다른 곡이 있는 것도 아니었다. 단 한 곡이 추가되어 있었다.

열 번째 자리에 회색 글씨로 된 'Wait'가 자리했다.

그리고 앨범 제목은 앤드류가 말한 대로 'Imperfect'였다.

표지는 론이 찍어준 사진 대신 상당히 단순해 보이는 하얀색 바탕에 회색으로 'Imperfect'라는 글자만 쓰여 있었다.

그라피티라도 해놓은 것처럼 'I'와 'm'의 반만 검은색이고 나머지는 회색이었다.

윤후는 컴퓨터로 음원 사이트에 올라온 아직 나오지도 않은 자신의 앨범을 보고 있었다. 자신의 일처럼 좋아하며 같이 보던 론은 궁금한지 입을 열었다.

"다른 건 아직 못 들어? 이건 회색이네?"

"응, 여기 위에 보이지? Imperfect. 내일 'Wait' 풀리면 m까지 검은색으로 변한대. 곡이 풀릴 때마다 점점 단어에 검은색이 많아지는 거지."

"아, 신기하네. 그리고 전부 검정색으로 변하면 완전한 앨범이 나오는 거고?"

"응, 아마도 그럴 거야."

"와, 나도 벌써부터 궁금해진다!"

자신의 사진이 없어져 아쉬울 만도 한데, 그런 건 전혀 없이 진심으로 궁금해했다. 윤후는 피식 웃으며 말했다.

"네 사진은 앨범에 실릴 거래."

"응, 괜찮아. '안녕'이나 빨리 들었으면 좋겠는데."

"'안녕'이 아니고 'Wait'라니까."

론은 장난스럽게 손가락을 저으며 '안녕'이라고 하며 거실로 나갔다.

*　　　　　*　　　　　*

다음 날, 음원 사이트의 고객 상담실에 문의 전화가 쉴 새 없이 울려대고 있었다.

그런데 문의 내용이 열이면 아홉이 가수 후에 대한 문의였다.

—휴대폰이 고장 난 것도 아닌데 후 신곡이 클릭이 안 돼요.

"네, 오늘 오후 6시에 음원이 공개될 예정입니다. 감사합니다."

최대한 정해진 매뉴얼대로 읊고는 빨리 끊어야 했다.

짧은 안내였지만, 그 안내를 기다리는 사람이 끝도 없었다.

음원 사이트뿐만이 아니라 1위 가수의 행보에 각종 매체도 궁금해했다.

이벤트까지 하며 홍보할 때는 언제고 MFB에서는 마치 더욱 궁금해하라는 듯 아무런 대응도 없었다.

수많은 기사가 쏟아지고 있었다.

매체에서는 윤후의 앨범에 참여한 사람들을 수소문했지만, 참여한 사람을 찾을 수 없었다.

작업을 혼자 다 하는데 참여한 사람이 있을 리가 없었다.

하지만 그 어느 곳보다 바빠야 정상인 MFB 윤후 팀은 한 가롭게 기사가 올라오는 것만 확인했다.

일체 앨범에 대해 아무런 언급을 하지 않았다. 앤드류도 그저 인터넷으로 기사를 확인했고, 그때 휴대폰 알람이 울렸다.

"자, 시간 됐다."

회사의 홈페이지로 들어갔다. 그저 MFB라는 기업에 대한 소개가 전부인 홈페이지 메인에 음원 사이트에서 본 윤후의 앨범 표지가 커다랗게 보였다.

Imperfect.

앤드류가 미소를 지으며 'Imperfect'를 클릭하자 기존에 없던 새로운 홈페이지가 열렸다.

홈페이지의 화면 가운데에 'Imperfect'라는 글자만 적혀 있었다.

뭔가 특별한 것이 있는 것도 아니었고 달랑 단어 하나가 끝이었다.

그 화면을 보던 앤드류는 마우스를 움직여 알파벳 'I'에 마우스 커서를 올렸다. 그러자 커서 위로 새로운 글이 나타났다.

8. Lon—Imperfect.

그리고 또 살짝 옆으로 옮겼다.

10. Wait—Imperfect.

그리고 마우스를 옆으로 옮기자 곡 순서가 보였다.

하지만 있어야 할 곡명 대신 'Imperfect'란 단어만 적혀 있었다.

윤후의 앨범에 대해 궁금해서 이곳까지 찾아온 사람들은 'Imperfect'가 어떤 곡으로 변할지 더욱더 궁금해할 것이 분명했다.

"포털 사이트마다 연결되는지 확인 다 했지?"

"네. 그런데… 벌써 방문자가 천 명이 넘었는데요? 대단하네. 몇 분이나 지났다고."

*   *   *

한국의 음원 사이트에도 'Imperfect'란 앨범 제목으로 'Wait'가 올라왔다.

김 대표는 누가 말하지 않아도 찾아서 들었을 것인데도 앤드류는 직접 전화해서 라온 식구들하고 같이 들으라고 했다.

김 대표는 직원들이 있는 1층 사무실로 내려왔다.

"그 얼음장 같은 사람은 왜 이걸 같이 들으라고 하는 거야?"

"저도 잘 모릅니다. 그냥 신곡이 나왔다고 알려주고 싶었던 거 같습니다."

심 대표는 비리 음원 사이드에 집속해 놓은 최 팀장의 컴퓨터 앞에 앉았다.

그러고는 미국과 똑같은 표지인 'Imperfect'를 보며 흥미롭다는 듯 눈썹을 씰룩였다.

"그 얼음장 같은 사람이 내가 한 말로 이렇게 만들었다는 거네?"

"맞습니다. 한국에 오면 꼭 찾아오겠다고 하더군요."

"참… 그냥 한 말을… 기가 막히네."

김 대표는 아껴뒀다 자신이 할 걸 그랬나 하는 생각에 아쉬워하며 윤후의 앨범에 들어갔다.

10번에 자리한 'Wait'를 본 김 대표는 약간 어색한 느낌이 들었다. 윤후가 라온의 소속일 때는 그 누구보다 먼저 들었지만 지금은 윤후의 신곡을 음원 사이트를 통해 듣고 있다.

약간 멀어진 느낌이 들었고, 그 느낌을 지우려는 듯 우스 갯소리를 던졌다.

"제목이 'Wait', 이런 거 보면 우리한테 기다리라고 그러는 거 아니야? 하하!"

"하하, 아닐 겁니다."

"그냥 한 소리야. 그럼 다들 같이 듣자고."

앤드류가 말한 대로 볼륨을 최대로 높이고 'Wait'를 재생시켰다.

다들 윤후의 음악이 그리웠다는 듯 미소를 지으며 들려오는 기타 소리에 눈을 감았다.

김 대표도 마찬가지인 듯 미소를 머금은 채 눈을 감으려는데 처음 들려오는 가사에 노래를 멈추고 고개를 돌려 최 팀장을 봤다.

"안녕? 지금 안녕이라고 그런 거 아니야? 영어에 안녕이라는 단어도 있어?"

최 팀장도 자신이 잘못 들은 건가 하고 고개를 갸웃거렸다. 그리고 다른 직원들도 서로를 보며 확인하는 듯했다.

"안녕! 저도 들었어요! 안녕이래요! 한국말로! 역시 우리 후 님!"

김진주의 말에 머리를 긁적이던 김 대표는 정말 안녕이라고 했나 싶어 다시 노래를 처음부터 재생했다.

그러자 확실히 들을 수 있었다.

안녕. 웃으며 건네던 작별의 인사죠
하지만 돌아가서도 웃으며 건넬 말 안녕

최 팀장을 제외하고는 가사를 알아듣지 못했지만, 라온 식구들 모두가 '안녕'이라는 말은 알아들었다.

김 대표는 최 팀장을 보며 무슨 뜻인지 해석해 보라는 듯 모니터를 가리켰다.

그러자 최 팀장이 가사를 한참이나 보더니 김 대표를 위아래로 훑어보았다.

"알고 계셨습니까?"

"뭘?"

"아, 아닙니다. 좀 전에 대표님이 하신 말씀이 맞는 것 같습니다."

최 팀장은 직원들에게 가사를 전부 해석해 주었다. 그리고 그걸 듣는 직원들은 기분이 이상했다.

너무 멀어져 버린 것 같던 윤후가 자신들에게 노래로 기다리라고 말하고 있었다.

지금 윤후라면 전 세계 사람들이 들을 텐데도 한국말로 인사까지 한 노래였다.

"어휴, 참, 그냥 하이라고 해야지. 그래야 좀 더 글로벌하지."

김 대표도 머쓱한지 이상한 웃음을 지으며 지적한 뒤에야 노래를 다시 처음부터 재생시켰다.

몇 번이나 반복해서 들은 김 대표는 자리에서 일어나 옥상으로 향했다.

옥상에 오니 딱 작년 이맘때 윤후를 본 것이 떠올랐다.

참 많은 일들이 있었고 좋은 일만 있던 것도 아닌데 자신들과의 추억을 좋게 여겨주는 윤후를 떠올린 김 대표는 전화를 꺼내 들었다.

—네, 대표님.

"안녕?"

—…….

자신으로서는 나름 센스 있다고 생각하며 노래 가사를 넣어 건넨 인사말인데 대답이 없는 윤후의 모습에 헛기침을 했다.

"크흠, 자식이… 인사잖아, 인사."

—네. 들으셨어요?

"그래, 조금 전에 들었지. 좋더라. 그래도 인마, 안녕은 반말이잖아. 안녕하세요, 그래야지."

—그럼 박자가 안 맞아요. 이상했어요? 다들 좋아하던데.

제 친구도 '안녕'을 입에 달고 살아요.

"농담이야. 자식이 농담도 모르고. 그 얼음장 같은 사람이랑 있더니 농담도 모르네."

김 대표는 머쓱함에 괜한 헛소리를 했다.

그저 윤후의 목소리나 들어보려고 한 전화였다. 그리고 친구까지 생긴 윤후의 밝아진 모습이 만족스러웠다.

통화하는 김 대표는 입에서 나오는 헛소리와 다르게 푸근한 미소를 짓고 있었다.

＊   ＊   ＊

며칠 뒤, 시카고 한인 타운에서 갈비탕 집을 운영 중인 중년 남성은 며칠 전부터 이상한 광경을 목격했다.

처음에는 그저 한인 타운을 즐겨 찾는 미국인이라고 생각했다. 그런데 그 사람을 시작으로 가게를 방문하는 손님들이 줄곧 자신에게 인사를 건넸다.

그것도 반말로.

십 년이 넘게 가게를 했음에도 이런 경우는 처음이었기에 도대체 뭘까 궁금했다.

인사는커녕 서툰 영어에도 답답해하던 미국인들인데 지금은 오히려 한국말을 들으며 눈을 반짝였다.

그것도 젊은 층에서 유독 도드라지게 나타났다.

한인회 회의에 나와 있음에도 생각에 잠겨 있었다.

"뭘까? 도대체 뭐지?"

"박 사장, 혼자 뭐 하는 거야?"

"응? 아, 혹시 임 사장 가게에 외국 애들 와서 인사 안해?"

"어? 어떻게 알았어? 자식들이 올 때마다 반말로 안녕 그러던데. 며칠 됐어."

"그렇지? 아니, 오늘도 가게에 있는데 처음 보는 애들이 와서 안녕 그러는 거야."

두 사람은 대화를 시작했고, 주변에 있던 사람들도 자신들도 마찬가지라며 동참했다.

'안녕'이란 단어로 대화의 장을 만들어졌지만, 도무지 이유를 알 수 없었다.

그때, 한인회에 모인 사람들 중 젊은 편에 속한 남자가 휴대폰으로 검색하더니 대화에 끼어들었다.

"그거… 혹시 이것 때문이 아닐까요?"

"뭐? 혹시 한국에 무슨 일 있어?"

"그건 아니고요, 여기 배우랑 가수들이 SNS에 '안녕'이라고 적어놨거든요."

다들 SNS를 확인하려 작은 휴대폰으로 머리를 들이밀었고, 거기에 끼지 못한 사람들은 직접 검색하기 시작했다.

"스칼릿. 이 여자 유명한 배우잖아? 아카데미에서 여우주연상 받은 사람 아니야?"

"맞네. 뭐라고 쓰여 있는 거야?"

"'안녕, so cute' 글자 모양이 귀엽다는데요? 너무 마음에 든다고 올려놨네요."

그리고 혼자 검색하던 사람들도 휴대폰을 들고 와서 대화에 꼈다.

"여기는 가수인데? 자신이 정말 좋아하는 가수의 노래에 나온 말인데 안녕이 무슨 뜻이냐고 묻고 있네. 하하하! 그런데 리플이 더 웃긴다. 지들끼리 추측하고 난리 났어."

"뭐라는데?"

"고양이 소리래. 안니용. 하하하! 그럴싸하네. 그런데 한국에서 무슨 유명한 노래 나왔나?"

한국의 인사라고 제대로 설명해 준 댓글도 많았지만, 자기 생각대로 쓴 댓글도 상당했다.

지금은 비록 한국을 떠나 있지만 모국의 인사로 즐거워하는 사람들을 보니 알게 모르게 뿌듯한 마음이 들었다.

왠지 한국이라는 나라에 자부심까지 생기는 기분이었다.

"누구 노래인지는 몰라?"

"가만있어 봐. 지금 찾고 있으니까."

한참을 찾은 뒤에야 화면을 보고서 고개를 들었다.

"후? 후면 지금 미국에서 난리난 후?"

그러고는 윤후의 신곡을 재생했고, 왜 미국 애들이 자신들에게 '안녕'이라고 했는지 알 수 있었다. 모두가 노래를 들으며 이상한 기분이었다.

아직 영어를 잘 못하는 사람도 가사를 모름에도 안녕이라는 단어와 노래가 주는 느낌에 각자의 생각에 빠졌다.

누군가에게 기다리라고 하는 느낌.

노래를 듣던 사람들은 한국에 있는 친지, 친구, 지인 등을 떠올리며 그리워하는 표정이 되었다.

"이거 가게 입구에다가 '안녕'이라고 적어놔야 할 거 같은데?"

"어, 좋다. 우리 가게도 해야겠는데? 하하하!"

한인회를 마치고 나오는 사람들은 미소와 함께 오랜만에 한국에 전화를 걸어야겠다고 생각했다.

그리고 이러한 일은 시카고에서만 일어난 일이 아니었다.

미 전역에서, 아니, 세계 곳곳에서 일어났다.

*　　　　　*　　　　　*

확실히 'Lon'의 반응이 대단하긴 했다. 그리고 앨범 전체를 보지 않고 싱글 차트만 보는 사람도 상당했기에 'Wait'의 반응은 'Lon'에 비해 더뎠다.

그렇다고 해도 무시할 만한 수준은 아니었다.

전 세계에 퍼져 있는 윤후의 팬들이 노래를 듣고 윤후의 SNS에 글을 올리기 시작했다. 그것도 전부 같은 단어였다.

[안녕?]

아파트에서 자신의 SNS를 보던 윤후노 반쪽스러운지 미소를 지었다.

"이 글자가 안녕이야? 뭐가 이렇게 글자가 어려워?"

옆에서 같이 보고 있던 론은 안녕을 쓰려는 듯 손가락으로 그림을 그렸다.

윤후는 웃으며 종이를 가져와 직접 알려주었다.

그렇게 론과 본의 아니게 한국어 공부를 하던 중 론이 기지개를 켜며 말했다.

"나중에 한국으로 촬영 가봐야겠다."

"그래? 같이 가. 내가 소개해 줄게."

"너 한국에 가면 여기보다 더 인기 스타라며? 어떻게 돌아다녀?"

"다 방법이 있어. 닮았나요? 하하! 그러면 다 돌아가더라고."

론은 말도 안 되는 소리에 어깨를 으쓱하고는 윤후를 보며 말했다.

"나중에 가야지. 나 다음 주부터 사진 배우러 가."

"아, 그렇지. 그런데 벌써?"

론은 미소를 지으며 고개를 끄덕거렸다.

"그래도 같은 뉴욕에 있으니까 보고 싶으면 전화해. 그런데 너도 곡 완성되면 바쁠 거 아니야."

"응, 그렇긴 하지. 그래도 그냥 여기서 다니지. 퀸스면 여기서 가깝잖아."

"에이, 어떻게 그러냐. 사진으로 아파트 봤는데 꽤 좋더라. 여기보다는 아니지만 전에 살던 곳에 비하면 궁전이더라고."

"그래? 다행이네. 놀러 가도 돼?"

"놀러? 경호원들 주욱 달고? 하하하! 그냥 내가 놀러 올게."

윤후는 머쓱한지 머리를 긁적였다.

아쉽기는 했지만 론이 원하는 공부였고 에릭 또한 기뻐할 일이 분명했다.

윤후는 고개를 끄덕였고, 그러다 좀 전에 낙서한 종이가 보였다.

종이에는 한국어를 알려주느라 윤후와 론이 적은 '안녕'이 가득했고, 론이 종이를 보며 미소 지었다.

"이럴 때 하는 거지? 안녕?"

*   *   *

론이 사진을 배우기 위해 퀸스로 향하는 차 안에는 윤후도 함께 있었다. 윤후는 주차장에 잠시 멈춘 차 안에서 론에게 인사를 건넸다.

"전화 자주 할게."

"가깝잖아. 앨범 나오면 꼭 사서 들을게."

이별이 아님을 알기에 윤후는 론을 보며 미소를 지었고, 마치 내일 또 보자는 듯 손을 흔들며 차 문을 열었다.

"윤후야, 안녕!"

"그래, 안녕. 하하!"

그리고 윤후가 트렁크에서 기타를 꺼낼 때 앤드류가 함께 이동하던 사람들을 데리고 차에서 내렸다.

"스튜디오에 있는 제이콥 씨에게 전화해 뒀습니다. 저는 론 씨가 정리 끝나는 대로 합류하겠습니다. 그때까지 이 친구에게 필요하신 걸 말씀하시면 됩니다."

"네, 그러세요."

앤드류가 타는 모습을 확인한 윤후는 다시 차 안에서 손을 흔드는 론을 보며 미소 지었다.

그렇게 차가 주차장을 나갈 때까지 바라보던 윤후는 헐레벌떡 내려오는 제이콥을 보며 인사했다.

"안녕?"

"하하! 네, 안녕하세요."

제이콥의 인사에 윤후는 소리 내어 웃으며 스튜디오로 올라갔다.

그런데 스튜디오 로비에 처음 보는 사람들이 보였다. 상당히 나이가 있어 보이는 흑인 남성과 여성이었다.

녹음실에 다른 누군가가 있는 것을 처음 보는 윤후는 그것이 그저 신기했다.

그리고 무엇보다 저 사람들은 자신을 못 알아보는 듯했다.

윤후는 스쳐 지나가며 가볍게 인사를 하고 세 개의 녹음실 중 배성철이 썼고 자신이 애용하는 방으로 들어갔다.

그러고는 재킷을 벗어 소파에 던져두고 곧장 기타 케이스를 열었다.

앨범에 대한 대중들의 궁금증이 생각한 것보다 컸다.

8번과 10번이 공개된 시점에서 이미 다른 곡도 완성되어 있을 것으로 추측했다.

새롭게 쓴 가사로 녹음을 하진 않았지만 대중들의 생각이 사실이기도 했다.

앤드류는 녹음을 해두고 하나씩 공개하는 것이 어떻겠느

냐고 전했다. 윤후도 앨범의 마지막 자리는 딘의 노래로 채우고 싶어 딘을 찾기 전까지 시간이 필요했기에 쉽게 수긍했다.

그리고 가사만 영어로 바뀌는 것이기에 한꺼번에 공개한다고 해도 무리가 가는 일은 아니었다.

기타를 안은 윤후는 언제나처럼 개방현을 튕겨 확인했다.

마침 엔지니어를 봐줄 제이콥까지 들어왔다.

"녹음실에 손님 오는 거 처음 봐요."

"손님? 아, 조셉 부부? 그러고 보니 민센드도 알 건데. 여기 꽤 오래됐어."

"그래요?"

"응, 꽤 유명한데. 재즈밴드야. 'JazzAll'이라고 보컬 없이 쿼텟이던 연주 밴드."

"아, 전에 들어봤어요. 그런데 왜 두 분이에요?"

"세월이 세월이니까. 한 분이 돌아가셨거든."

윤후는 예전에 들은 재즈 앨범을 떠올렸다. 앨범에는 재즈의 모든 종류가 담겨 있었다.

스윙부터 비밥, 그리고 윤후가 그중 제일 인상에 남은 곡은 프리재즈였다. 앨범임에도 불구하고 진행을 연주자 마음가는 대로 연주한 곡은 듣는 사람을 즐겁게 만들어 주었다.

"그래도 대단하신 분들이야. 이번에 뉴올리언스에서 매년

4월마다 열리는 재즈 페스티벌에 초청 받았다고 하더라."

"아, 그래요? 그런데 녹음실은 왜 오신 건데요?"

"그 돌아가신 분이 한 연주를 녹음하러 오셨지. 그분 연주만 MR로 틀고 맞춰서 연주하실 생각이더라고. 즉흥 연주는 못 하더라도 여전히 셋이라는 걸 보여주고 싶으신가 봐."

"아, 그래요?"

그러다 문득 녹음실에 엔지니어라고는 제이콥뿐이라는 사실이 떠올랐다.

"그럼 저 때문에 지금 못 하시는 거 아니에요?"

"후는 녹음 금방 끝나잖아. 저분들은… 어휴!"

말을 끊고 고개를 젓는 모습이 윤후를 궁금하게 만들었다.

"녹음 잘 하다가도… 갑자기 막 자기 마음대로 연주하거든. 그리고 들어보고 이상하면 밥 먹고 온다고 하고는 다음 날 오고 그래. 그냥 자기들 마음대로이야. 그래도 오늘은 기타 연주만 녹음한다고 해서 다행이지."

"돌아가신 분이 기타 치셨어요?"

"응. 그런데 우습게도 조셉 씨가 더 잘 쳐. 조셉 씨는 뭐 못 만지는 악기가 없어. 네가 천재라도 놀랄걸?"

윤후는 녹음하러 왔다는 것도 잊고 대화에 빠져들었다.

한번 들어보고 싶은 생각이다. 제이콥도 눈치를 챘지만 기대하지 말라는 듯 고개를 저었다.

"저분들 여기 온 지 두 시간 넘었거든? 아직까지 둘이 대화만 하고 있어. 저러다가도 바로 연주할 때도 있는데, 저러다 그냥 집에 가는 날도 있어. 그러니까 그냥 녹음이나 해."

윤후는 아쉬운지 닫혀 있는 문을 한 번 바라보며 고개를 끄덕였다.

*   *   *

윤후의 녹음은 언제나처럼 순조로웠다.

제이콥은 부스에서 나오는 윤후를 보며 혀를 내밀었다.

"이건 내가 뭘 만질 필요도 없어. 정말 대단하네. 연주는 많이 해봐서 실수가 없다고 쳐도 어떻게 강약을 그렇게 완벽하게 주는 거야? 혹시 기계야?"

윤후는 피식 웃으며 좀 전에 녹음한 기타 할배의 '약속'을 들어봤다.

예전 라온의 녹음실에서도 미니 앨범의 여섯 곡 중 처음으로 녹음한 곡인데 뉴욕에서도 첫 번째였다.

자신이 듣기에도 상당히 만족스러운 연주였기에 이 곡은 더 이상 녹음할 필요가 없었다.

그리고 보컬을 녹음하기 위해서는 세팅을 바꿔야 하기에

나머지 곡부터 마저 녹음하러 부스로 향할 때 녹음실 문이 열리며 로비에서 본 사람이 얼굴을 들이밀었다.

"제이콥, 녹음 좀 도와줘."

"어이고, 조셉 씨, 여기 막 들어오고 그러시면 안 돼요. 그리고 오늘 안 돼요. 내일 하세요."

"그래? 그러든가."

제이콥은 곤란한 듯 손을 저어가며 말했지만, 도와달라고 말한 조셉은 안 되면 말라는 얼굴로 문을 닫았다. 윤후는 조셉의 쿨한 모습에 피식 웃고는 제이콥에게 말했다.

"저분들 먼저 봐주세요. 전 당분간 시간 많아요."

"그래?"

제이콥은 윤후를 잠깐 쳐다보고는 잠시 기다리라고 하고 녹음실을 나섰다.

윤후는 내심 어떤 연주를 할까 궁금했지만, 안면도 없는 사이에 첫 녹음을 듣고 싶다고 하는 건 실례였기에 오랜만에 빈센트가 만든 노래나 들을 생각이다.

그때 나간 제이콥이 녹음실 문을 살짝 열고 손을 흔들었다.

"1녹음실로 가자. 들어봐도 된다고 하셨어."

"그래요?"

윤후는 신이 난 얼굴로 빠르게 일어섰다.

제이콥과 함께 1녹음실로 들어가니 조셉이라는 사람은 이미 기타를 들고 부스에 들어가 있었다.

윤후는 소파에 앉아 있는 조셉의 부인에게 먼저 인사를 했다.

"안녕하세요."

"그래요. 반가워요. 제이콥에게 듣기로는 가수라고요?"

"네, 지금 노래하고 있어요."

"어이고, 가수 앞에서 저 영감이 제대로 하려나 모르겠네. 나이 먹고 부끄러운 모습이나 보여주는 건 아닌지 모르겠어요. 참, 난 자넷."

"아니에요. 전 오윤후라고 해요. 활동하는 이름은 후라고 하고요."

"후? 'Lon'의 후?"

윤후는 자신을 아는 자넷의 반응에 약간 머쓱해졌다. 어릴 때 음반으로만 알던 사람들이 자신을 알고 있는 것이 신기했다.

"이거 대단한 사람을 만났네. 그런데 왜 이런 허름한 곳에서 녹음하는 거예요?"

"아, 여기가 좋아요."

"우리랑 똑같네. 우리도 여기가 아니면 잘 안 맞더라고요."

굉장히 말이 많은 흑인 할머니였다. 그리고 그때, 다행히 부스 안에 있던 조셉이라는 사람의 목소리가 들렸다.

"시작해. 그냥 바로 녹음해 줘."

"또 헤드셋 안 쓰세요? 메트로놈 못 들어서 박자 놓쳤다고 다시 녹음하시면 안 돼요?"

"알았어. 잔소리는."

그러자 자넷도 말없이 부스 안을 바라봤고, 윤후도 그제 야 제대로 조셉을 볼 수 있었다.

언뜻 자신과 비슷한 키에 몸매는 콜린보다 더하면 더했지 부족하지 않았다.

기타 연주가 가능이나 할까 싶을 정도로 거대한 몸매였 다.

하지만 윤후의 그런 생각은 연주가 시작함과 동시에 멀리 날아갔다.

거대한 몸과 다르게 손이 보이지도 않을 정도로 움직였다.

상당히 빠른 코드 체인지를 해가며 연주를 하고 있었고, 중간중간 엄지손가락으로 저음을 울리는 워킹 베이스 라인 도 굉장했다.

게다가 곡의 흐름이 무척이나 자유롭게 들려 윤후는 그저 연주하는 조셉만을 바라봤다.

연주가 대단하다는 느낌보다는 상당히 재밌었다.

연결부 다음에 어떤 멜로디와 어떤 코드가 어떻게 진행될지 저절로 상상하게 되었다.

그리고 그게 맞을 때면 당연하다는 듯 고개를 끄덕였고, 다르게 흘러갈 때는 저렇게 진행될 수도 있구나 하며 고개를 끄덕였다.

시간 가는 줄 모르고 연주를 듣고 있었다.

그리고 남편의 연주를 미소까지 지어가며 빠져 있는 젊은 동양인의 모습에 자넷은 흥미로운 듯 지켜봤다.

갑자기 미소를 짓기도 하고 고개를 끄덕거리다가 또 무언가를 생각하는 듯 천장을 볼 때도 있었나.

무엇을 생각하는지 곡을 들을 때마다 변하는 모습에 궁금해질 정도였다.

그러더니 마치 기타라도 들고 있는 듯 남편의 연주에 맞춰 손을 움직이는 모습이 보였다. 자넷은 피식 웃었다.

자신의 남편이라서가 아니라 지금까지 자신이 봐온 기타리스트 중에 조셉이 최고였다.

조금만 부지런했다면 재즈뿐만이 아니라 세계적인 기타리스트로 이름을 날렸을 거라고 생각했다.

그런 남편의 연주에 맞춰 따라 하려는 윤후의 모습이 귀엽기만 했다. 빌보드 1위라는 자리에 있으면 거만할 만도 한데 그렇다기보다는 오히려 음악에 빠져 있는 진짜 가수의 모습을 보는 것 같아 기분까지 좋아졌다.

자넷의 얼굴엔 미소가 가득했고, 그런 얼굴로 윤후에게 조용히 물었다.

"기타도 칠 줄 아는 것 같은데 같이 연주해 볼래요?"

윤후가 멀뚱거리며 쳐다보자 자넷이 고갯짓으로 윤후의 손을 가리켰다. 그러자 윤후는 자신도 모르게 손을 움직였다는 것을 깨닫고는 머쓱하게 웃으며 손을 내렸다.

자넷이 웃음을 보인 뒤 콘솔 앞에 있는 제이콥에게 다가갔다. 그러고는 다짜고짜 부스 안에 있는 남편에게 말했다.

"나와 봐."

그러자 조셉은 왜인지 뜨끔한 얼굴을 하고 부스 밖으로 나와 대뜸 말했다.

"아무래도 원래대로 해야겠지? 그냥 이런 느낌은 어떨까 싶어서 그랬지."

제이콥은 지금 연주가 정해진 게 아니라 즉흥 연주였다는 것에 놀랐고, 윤후 역시 그럴 거 같다는 자신의 생각이 맞았다는 것에 기쁜 표정이었다.

"그런 거 아니야. 여기 이 친구가 'Lon'의 주인이래."

"어, 그래? 이거 굉장한 사람인데?"

몸매에 어울리는 상당히 과장된 반응에 윤후는 피식 웃었다. 그러자 자넷이 나서며 얘기했다.

"이 친구가 당신 연주하는데 계속 기타를 따라 치더라고.

그래서 같이 즐겨볼까 해서. 어때?"

"날 따라 쳤다고?"

"그건 아니고 그냥 즐기는 거지. 당신이 연주할 때 찰스가 따라 치는 것처럼 그러더라고."

"그래?"

조셉은 멤버이던 찰스 얘기까지 꺼내는 자넷의 말에 윤후를 가만히 바라보더니 어깨를 으쓱거렸다.

"연주는 잘하나?"

"잘하는 게 중요해? 당신이랑 내가 맞춰서 하면 되시."

제이콥은 그 모습을 흥미롭게 지켜봤다. 저 두 노인이 윤후의 연주를 보고 무슨 말을 할지 궁금했다. 그리고 그 기대에 부응하려는 듯 조셉이 윤후에게 묻는 말이 들렸다.

"기타는?"

"옆 녹음실에 있어요."

이번엔 제이콥에게 말했다.

"합주 연주실 그대로지?"

"네, 항상 관리하니까요."

"거기로 가도 돼?"

두 사람의 표정이 기대된 제이콥은 말이 끝나기도 전에 먼저 나서서 안내했다. 윤후도 녹음실에 놔두고 온 기타를 들고서 합주 연주실로 들어섰다. 녹음실 중 가장 컸고, 밴드의

라이브 녹음이 가능하게 만들어진 곳이었다. 윤후는 피아노 앞에 앉은 자넷에게 다가갔다.

"자네가 기타 쳐. 내가 콘트라베이스가 없으니까 드럼 칠 게. 자넷이 피아노니까."

"네, 그런데 어떤 곡으로요?"

"뭐… 아무거나 마음 가는 대로 해봐. 우리가 알아서 따라 갈게."

윤후는 고개를 끄덕거리며 어떤 연주를 할까 생각했다. 자신의 곡으로 할까 하다가 좋은 생각이 떠올랐다. 조금 전에 들은 조셉의 연주를 하는 것이 좋을 것 같았다.

"그럼 조금 전에 연주하신 걸로 해도 돼요?"

"그거? 나도 기억 못 하는데? 뭐, 대충 해봐. 후후!"

조셉과 자넷은 서로를 마주 보며 윤후에게 재롱을 기대하는 얼굴로 웃었다. 윤후는 잠시 눈을 감고 조금 전의 연주를 떠올리며 곧바로 기타에 손을 얹었다.

윤후의 연주에 맞춰 따라갈 생각이던 조셉 부부는 연주를 하려다 말고 멍하니 윤후를 봤다. 지금 자신들이 잘못 들은 건가 싶었다. 똑같은지 아닌지는 확실치 않았지만, 분명 비슷한 느낌이었다.

게다가 연주가 허튼 동작이 하나도 없고 자신의 트레이드 마크라고 여기던 워킹 베이스 라인을 매우 능숙하게 하고 있었다.

두 사람은 연주도 하지 않고 놀란 얼굴로 서로를 쳐다봤다.

"저 나이에 저게 말이 돼?"

"나이가 문제가 아니라… 사람이 저래도 되는 거냐고 물어야지."

조셉 부부가 놀라고 있었지만 정작 그 모습을 보려고 기대한 제이콥은 윤후가 보여주는 처음 보는 광경에 입까지 벌리고 있었다.

연주 실력이 대단하다는 건 알고 있었는데, 그 긴 연주를 한 번 듣고 외웠다는 것이 말이 안 된다고 생각했다.

콜린에게 듣기는 했지만, 과장되었거니 생각했는데 과장이 아니었다.

윤후는 연주를 하자고 하더니 조용했기에 연주를 멈추고 조셉 부부를 번갈아 쳐다봤다.

멍한 얼굴로 자신을 보고 있었기에 윤후는 자신이 틀린 건가 하고는 다시 생각해 봤다.

그러고는 약간 놀란 얼굴로 조셉에게 말했다.

"혹시 이 부분 때문에 그러세요? Bm6add11코드잖아요. 여기 코드가 프렛을 다섯 개 간격으로 유지해야 하지만 그럴 필요가 없을 것 같아 조금 바꾼 건데, 대단하시네요. 솔직히 모르실 줄 알았어요."

조셉은 침을 꿀꺽 삼키고 대답하지 못했다.

알아채기는커녕 자신이 한 연주보다 더 대단해 보였다.

무슨 말을 해야 했지만 입만 벙긋거린 채 어떤 말도 나오지 않았고, 그나마 정신을 차린 자넷이 한숨을 크게 뱉으며 입을 열었다.

"4월 28일에 시간 있나요?"

가만히 생각하던 윤후는 곤란한 듯 고개를 저었다.

『여섯 영혼의 노래, 그리고 가수』 8권에 계속…

초대형 24시 만화방

신간 100%, 샤워실, 흡연실, 수면실(침대석), 커플석, 세탁기 완비

▪ 광명 광명사거리역점 ▪

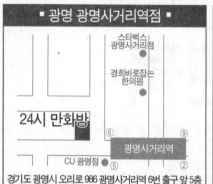

경기도 광명시 오리로 986 광명사거리역 6번 출구 앞 5층
02) 2625-9940 (솔목타워 5층)

▪ 강북 노원역점 ▪

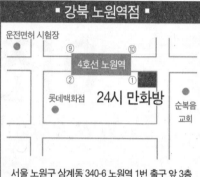

서울 노원구 상계동 340-6 노원역 1번 출구 앞 3층
02) 951-8324 (화용빌딩 3층)

▪ 일산 정발산역점 ▪

경찰서 ●   정발산역 ●

제2 공영주차장 ●   롯데백화점 ●

24시 만화방

E	C	A
	라페스타	
F	D	B

라페스타 E동 건너편 먹자골목 내 객잔건물 5층
031) 914-1957

▪ 일산 화정역점 ▪

덕양구청 ●
③   ④
화정역
②   ①
세이브존 ●
롯데마트 ●   이마트 ●

24시 만화방   화정중앙공원 화정동 성당

경기도 고양시 덕양구 화정동 984번지 서일빌딩 7층
031) 979-4874 (서일사우나 건물 7층)

▪ 부천 역곡역점 ▪

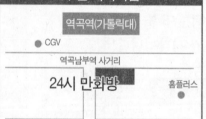

역곡남부역 기업은행 건물 3층
032) 665-5525

▪ 부평역점 ▪

부평문화의거리   시장로터리
한남시티프라자 ●
24시 만화방 ● 나들가게
부평   춘천집 부평점
지하상가   부평1번가

(구)진선미 예식장 뒤 한신포차 건물 10층
032) 522-2871

FUSION FANTASTIC STORY

묘재 장편소설

7번째 환생

이 모든 것이 신의 장난은 아닐까.

영원한 안식이 아닌,
환생이라는 저주 아닌 저주 속에서 여섯 번째 삶이 끝났다.

"드디어 내 환생이 끝난 건가?"

그런데 뭔가, 지금까지와 다른데?

"멸망의 인도자 치우, 그대에게 신의 경고를 전하겠어요."

최치우, 새로운 7번째 삶이 시작된다!

Book Publishing CHUNGEORAM

유행이 아닌 자유추구 -
WWW.chungeoram.com

한의 韓醫
스페셜
리스트

가프 장편소설

FUSION FANTASTIC STORY

돌팔이 소리만 듣던 한의사 윤도.

달라지고 싶은 마음에 찾아간 중국 명의순례에서
버스 추락 사고에 휘말리고 마는데…….

구사일생으로 살아 돌아온 지 30일.
전에 없던 스페셜한 능력들이 생겼다?

초짜 한의사에서 화타, 편작 뺨치는 신의로!
세상의 모든 질병과 인술 구현에 도전한다!

Book Publishing CHUNGEORAM

유행이 아닌 자유추구
WWW.chungeoram.com

기적의 환생
MIRACLE LIFE
박선우 장편소설
FUSION FANTASTIC STORY
"한 사람의 영웅은 국가를 발전시키기도, 타락시키기도 한다."
믿었던 가족들의 배신으로 모든 것을 잃은 최강철. 삶의 의미를 잃은 그는 결국 죽음을 선택하는데…….
삶의 끝자락에서 만난 악마 루시페! 그와의 거래로 기억을 가진 채 고등학생 시절로 되돌아간다.
다시 얻은 삶.
나는 이전의 비참했던 삶을 뒤로하고 황제가 되어 세상을 질주할 것이다!
Book Publishing CHUNGEORAM
유행이 아닌 자유추구 -
www.chungeoram.com